名家寫作教室

小學生必學的議論文寫作

韋婭 著

新雅文化事業有限公司
www.sunya.com.hk

名家寫作教室
小學生必學的議論文寫作

作　　者：韋婭
插　　圖：Kyra Chan
責任編輯：陳友娣
美術設計：陳雅琳
出　　版：新雅文化事業有限公司
　　　　　香港英皇道 499 號北角工業大廈 18 樓
　　　　　電話：(852) 2138 7998
　　　　　傳真：(852) 2597 4003
　　　　　網址：http://www.sunya.com.hk
　　　　　電郵：marketing@sunya.com.hk
發　　行：香港聯合書刊物流有限公司
　　　　　香港新界大埔汀麗路 36 號中華商務印刷大廈 3 字樓
　　　　　電話：(852) 2150 2100
　　　　　傳真：(852) 2407 3062
　　　　　電郵：info@suplogistics.com.hk
印　　刷：中華商務彩色印刷有限公司
　　　　　香港新界大埔汀麗路 36 號
版　　次：二〇一九年六月初版
　　　　　二〇二〇年九月第二次印刷

ISBN: 978-962-08-7324-9
© 2019 Sun Ya Publications (HK) Ltd.
18/F, North Point Industrial Building, 499 King's Road, Hong Kong
Published in Hong Kong
Printed in China

韋婭

　　拿起這本書，你一定會心生好奇，這是一本什麼樣的「學習書」呢？既然是語文學習，那麼，走進「教室」，一定是正襟危坐緊張到抽筋的「之乎者也」的條條框框吧？可是，這卻是一本小說，是故事！

　　這真是太出奇、太不可思議了！

　　是的，那俄小湄、柳菲菲、長腿可樂等一羣人，是怎樣在朗朗書聲的白晝和汨汨思緒的晚間，如何走鋼絲一般，在「描寫」與「議論」之間，區別着相互各異的特點與表徵；而明亮的課室裏，那位神采飛揚的滑稽又可愛的周老師，怎樣像變魔術似的，把一串串「名詞」與「技巧」閃現在我們面前的呢；還有啊，每一章的小教室裏，我們是如何突然邂逅了作家，以及他們筆下的精彩描述以及出神入化的議論的呢？

　　這可真是一本多奇妙的書啊──我們讀到了一個趣味盎然的故事，它就像發生在我們身邊，喏，就在我們隔壁的教室裏！我們甚至可以聽到他們熱烈的討論聲，以及獲得新知的快樂笑聲。我們就想去窗口瞄一瞄，聽一聽，哦，這本書，就是發生在那個課堂裏的故事，它把如何寫議論文、如何展現描寫手法，寫成了栩栩如生的細節──是作家韋婭講給我們聽的！

　　來吧，從揭開第一頁開始，從目錄，進入章節，你會發現，隨着故事中人物的出現，我們走進了有趣的課堂。誰說學中文難學啊，誰說寫作文麻煩啊，跟着作家學寫作，讀着故事看課堂，哈哈，這真是不一樣的中文寫作書！

　　韋婭說了，讀故事學寫作，就是一場有趣的精神探索過程。希望你喜歡。

　　閱讀着，學習着，並快樂着。

目錄

1　樹叢裏的發現

這樣的暖冬，俄小湄從沒見過。

和風悠然，陽光怡人，枝上的花像競賽似地朵朵盛開。往年的農曆年花市，哪有這般的熱鬧，舒適的氣候把周圍喜色，更添了一層紅火。都說今年的花市旺，逛花市的人把整個園林，擠得水泄不通。

從花市出來，俄小湄心情好極了。

她今天穿了一件自己最喜歡的裙裝，白色的底衣，罩上一件米黃色背帶連衣裙。纖細的身子裹在熨帖的衣裙內，風兒追逐而來，這兒那兒鼓弄着她的裙裾，她就像一支剛吐嫩芽兒的春筍，清爽而挺拔。懷裏是大束的鮮花，姹紫嫣紅，應着她的心一跳一跳地歡喜。

這哪叫冬天呢，難怪媽媽嘀咕。老天爺像是忙昏了頭，把春夏秋冬的季節調亂了。像這樣暖的農曆

年，還真是少見！連日來，氣溫都在二十多度，太陽從雲端冒出臉來，每一個清晨都明亮亮地，沒有一絲兒冷冬的寒意。

人真的麻煩，天冷了，就哆嗦着嚷太凍啦；天暖了，又杞人憂天，擔心時節出了差子！媽媽一早就給爸爸和小湄挑了新款的保暖外套，想在年假裏「全家情侶裝」駕車出遊呢，哎呀呀，一切都失算啦，誰能想到冷冬變了暖夏？

夕陽把俄小湄的影子拉得長長的。轉過三岔路口，通往鄉村別墅的路上，是一片洋紫荊花樹林，那大朵的花瓣兒開得紅紅火火的，空氣裏漂浮着青草的氣息，柔和的光線穿過樹林，灑了一地細碎的影。

她不由得深深地吸了一口氣，一縷淺笑滑過她的笑渦。女孩子的開心，是用不着理由的。一首不知名的流行曲子，從腦中騰起，熟悉而親切。住宅在望，俄小湄加快了腳步。

快樂像鳥羣一樣，在她的前路飛展。

忽然，一個小影子冷不丁從她腳前竄過，迅速鑽入了前面的草叢。

俄小湄猛地收住步，她着實被嚇了一跳，剛才的快樂被一陣緊張代替了。

她定了定神，慢慢地步向前，彎下腰，朝草叢間悄悄望過去。一頭烏黑的長髮，平順地從肩膀前滑落下來。

看見了，她眼睛一亮——是一隻野貓！

隱隱草葉間，一雙警惕的眼睛，正目不轉睛地瞪着自己，閃閃發亮。

是你嗎……小野貓？

Hello！嗨！

她一陣欣喜。

俄小湄頭腦裏閃現了自己的寵物貓麥可兒，在陪伴了她多年之後的某一天，悄然離世了。哦，那個幽靜的黃昏！其實那些天，牠已經有一些反常的舉止，只是沒有引起她足夠的注意。牠究竟有多久不大肯吃東西了呢，牠獨自蜷縮在角落，默默地，是在等待生命如何從牠的身體裏，一寸寸離去？

如此想來，生命的存在與消逝，存在於某種暗示之中──大千世界有着牠自身的獨特語言吧？那是俄小湄第一次接觸到的「死」。那麼近，冰冷的。一些感傷，一些不捨。

俄小湄緊盯着草叢中的貓兒。

「你好啊！」

她聽見自己的聲音，在樹叢間穿梭而過。

俄小湄朝貓兒示意，微微地揚了揚手。牠應該是可以觸摸的吧？這是一隻條狀斑紋的貓，深棕與柔黃相間，比起她那隻橘子黃貓兒，牠顯得柔小一些，而牠的眼睛──哦，天哪，牠為什麼這樣望着她！

牠的雙眼閃着陌生的光，冷冷的，一絲隨時打算

逃竄的警覺。

果然，只聽「忽啦」一下，牠跳了起來。一陣窸窣，牠竄出草叢，迅速跳出路面。這敏捷的身手，真像一個訓練有素的體操健兒。牠在一段距離處，收住了步，回頭觀望。

牠只是緊緊地盯着俄小湄，不動。

俄小湄也不動，她擔心自己稍一挪步，就驚跑了這傢伙。

只那麼短短的一刻，牠忽地閃開。躍入路邊的林子，不見了。

視野裏一片空白，像什麼也沒有發生過一樣。

掃興……

俄小湄直起腰，快步地向自己的屋村區方向而去。寧靜的小路上，沒有飛快的車，只有間中駛至的小巴，溫情而低調，將人們載向通往市區的機鐵。有人下車，行人不多。這裏的周圍都是獨立的小樓房，樓層低低的，像是相互約好了似的，一座座挨着，如同小朋友坐板凳，錯落有致。各家的陽台窗格上，栽着各式各樣的花卉盆景，看上去生意盎然。小樓羣落

之間，隔着不寬的巷子，為了騰出空間，那些私家車們，就只好委屈地靠在樓房外的馬路旁了。

靜謐的村落，給人一種身處鄉野的錯覺。這兒沒有喧囂的車流，也沒有擁擠的人流，更沒有恍如白晝的燈光污染。這兒的一切都是自然的，低調的，就像一個待字閨中的少女，活潑而又溫婉。俄小湄轉進了小巷，不知誰家的廚房，傳出了濃鬱的油香味。

一進門，媽媽一眼就看到了女兒懷裏的花。

「喲，好漂亮的花！」她上前接了過來。

玻璃大花樽早已備在圓桌上了。插花是要有講究的，它是一門藝術，媽媽為此還專門去上了課，所以特別喜歡插花。俄小湄細心地清理花卉，屋子裏散發出一陣清香。

「花市人多吧？」爸爸說。

只有在這樣的年節，爸爸才會有如此的空閒時間，大白天呆坐在家裏，要知道，嗑瓜子的活兒，從來不是他捨得花費時間幹的。

「是呀！」俄小湄說，「剛才看到一隻野貓呢！」

「在哪兒？」

爸爸好奇地湊過來，看女兒買的花。爸爸的身形瘦瘦高高的，肩膀硬朗，説話總是乾脆俐落，一雙眼睛看人視物，總是十分專注，給人一種精明能幹的印象。是的，爸爸從來就是俄小湄心裏的偶像。

「就在三岔路口那邊，牠見了我，就嚇跑了。」

「哦？」爸爸眉心一跳，嘴角向兩邊翹起，笑道：「要是見了我呀，就不一定跑哦——」

「嗯？」俄小湄朝爸爸瞪了一眼。爸爸在將自己的軍吧，她擰下手裏沾着水珠兒的花，一抹小手，説：「想不想去看一下呀？興許爸爸一到，野貓變家貓啦！」

女兒的話裏，分明帶着點小刺兒。不過，爸爸並不介意，反倒顯出極大興致，「可以啊！這小野貓長得什麼樣兒的？」

「深棕色與黃色相間的條紋，一圈圈的，好看。」俄小湄比畫着。

其實，俄小湄沒來得及説出的，是這隻小野貓的樣子，令她想起原先家裏的那隻橘子黃貓兒……這念頭只是晃了一下，就閃去了，她緊閉了嘴。

「走，看看去！」爸爸説着，拍了拍女兒的肩膀，轉身朝門外走去。

「哎——」媽媽追了出來，「別太遲了，是吃飯時間啦！」

她知道這父女倆的性格，什麼事兒一旦想問個究竟，你就攔不住了。也只好由着他們去了。

腳下生風，快步來到三岔路口。傍晚的郊野，天色已朦朧。四野的空氣裏隱然飄來的木犀草的清香。一輛小巴在路口

停了，有人下車，有人上，然後，車不慌不忙地駛離。

俄小湄伸着脖子到處看，還學着貓兒叫了兩聲。哪有什麼小野貓的蹤影兒呢，連一隻飛翔的小鳥兒也不見！爸爸朝女兒作了一個怪樣，向天吹了一個口哨。女兒笑道，爸爸的口哨好響亮啊，可惜她不會。要是小野貓在的話，會不會早被嚇跑啦？

爸爸快樂地笑起來，牠不會蹲在這裏不動的，傻孩子。女兒也笑，既然是流浪貓兒，自然屬於居無定所的一族啦！牠怎麼可能端坐於此，等待二位前來認領呢？

俄小湄一側臉，問：「爸爸，你想收養小野貓嗎？」

爸爸一想，説：「給牠一個家，也不錯，何況，咱家不正缺一隻貓嗎？」

俄小湄低頭不語，心裏有些猶豫。自從小貓麥可兒死了，她似乎也不再想養貓了。那隻貓是跟着她一起長大的。

夜晚在不知不覺間落下了帷幕，晚風徐徐。

頂呱呱的老師

　　俄小湄的日程表上，記着一件事，就是去菲菲家討論功課。這是她們幾個同學約好了的。但是，當這行字再次跳出來的時候，俄小湄有點兒不情願。她坐在書桌前，微微地蹙了蹙雙眉，一撇嘴，把這事扔在一邊。

　　想想吧，要討論的，是那份令人討厭的議論文！

　　為什麼說是「討厭」呢？

　　別誤會，這只是俄小湄自己的牢騷，同組的馬莉、比利、可樂，還有能言善辯的柳菲菲，他們可不會這麼想。人家柳菲菲，是中文科代表呢，她的語文成績從來都是頂呱呱的。她是俄小湄的好朋友，俄小湄喜歡她，卻並不羨慕她，因為俄小湄自己的語文成績也不錯呀！

　　可是，偏偏俄小湄最討厭寫議論文！

語文課上，周老師站在講台前，又是論點，又是論據，又是論證過程的，唾沫橫飛地講了一大輪，把議論文的好處吹得天花亂墜，然而，俄小湄卻一句也沒往耳朵裏擱。

　　周老師在白板上寫的字，一筆一畫的，可在俄小湄眼裏，每個字都像鼓足了的氣球，一隻一隻地飄起來，飛向空中，然後又一個一個地爆掉，發出「啪啪」的清脆響聲。天哪，夢境一般，她的思緒飄遠了……一地的汽球屑子，一地凋零的花。

　　俄小湄最喜歡寫的是描寫文。描寫文嘛，那寫起來可就有趣多啦，我手寫我口，把想像的情狀描摹出來，就像是説給另一個自己聽的話，想怎麼寫，就怎麼寫。

　　你可以把雲彩形容成河流；也可以把大海比喻成人的性情；你可以寫景，也可以抒情；你説這寫起來該有多自由，多瀟灑！有一回，爸爸笑説，她作文中的描寫，實在是誇張得離奇，瞧瞧吧，她把太陽的紅，描寫像公園裏的猴子屁股，把冬天的野草，形容像瘋婆子的頭髮，有這樣描寫的嗎？爸爸哭笑不得，小湄

呀，你這誇張的手法也用得太⋯⋯太那個「文學性」了吧？天馬行空的想像，也總得靠譜一點兒吧？八桿子打不着邊的事兒，都讓你想像得出來！

爸爸的挖苦沒讓俄小湄生氣，反倒讓她得意洋洋，開心得笑彎了腰。要知道，人家周老師永遠是鼓勵她的呀。周老師還拿她的作文當範文呢！

怎麼樣？嘔氣吧，爸爸？

爸爸只好搖頭歎氣，一副「道不同不相為謀」的神態，唯恐避之不及。俄小湄格格地笑，這不，又贏了爸爸一回囉！俄小湄對自己是有信心的，當然，她是不會驕傲的，不會。

不過，俄小湄的「痛腳」在哪裏，周老師他知道嗎？周老師知道她最怕寫邏輯性強的議論文嗎？也許周老師知道，只是不說而已？要是什麼時候來個寫日記大競賽，那就太有趣了！俄小湄得意洋洋地想。

俄小湄喜歡寫日記。她可以在日記裏洋洋灑灑地寫，也不知道自己哪兒來的這麼多話語。這個習慣，或者說「語文練習」，應該歸功於她那位年輕的補習老師呢。

　　補習老師總愛一件穿水紅色的外套，平順的瀏海下，眉毛畫得彎彎的，戴着一副圓形的大眼鏡，初次見她，小湄腦子裏就跳出了「金魚」二字。於是，就在心裏頭悄悄地把補習老師稱作「金魚老師」啦。

　　對金魚老師的描摹，佔據了她日記中的許多篇幅，左一筆，右一筆，毫不避忌。金魚老師看了後，馬上就對號入座了，嘻嘻地直樂，一點也不惱。還說：「就這樣寫，每天寫，金魚老師喜歡看！」哈哈，臨走時，還不忘交代一句：「不要記流水賬，要寫出新意！」

　　寫出新意？好！於是，俄小湄就趴在小本子上，開始使出「十八般武藝」了。今天是描寫，明天是抒情，後天來個大誇張。擬人也好，比喻也罷，日記本就是她想像力天馬行空的好去處。她覺得自己就像一個美仙女，站在美麗的七彩虹橋上，隨手取來詞啊句啊，魔法師一樣地撒播。

　　在俄小湄看來，中文詞兒就像小珍珠球兒，不同的搭配，可以串成不同的漂亮鏈子。杜甫不是說「語不驚人死不休」嗎，她俄小湄把這話奉為經典！記敍

文中可以運用大量的修辭手法呀，補習老師對她的這番「大鬧天宮」的書寫，還讚不絕口呢！只要金魚老師一點頭：「寫得不錯啊！」就可讓她快活好幾天！金魚老師對媽媽說，她教的孩子都各有特長，十個孩子十個教法。這個小湄啊，將來可是個思維能手。

什麼叫思維能手啊？俄小湄一遇到議論文，就撞板了，她的「思維」全跑不見啦！什麼是議論文？議論文能天馬行空橫衝直撞地寫嗎？那自然不行的哦！要是考試時，萬一遇到議論文，她可以將它寫成天馬行空的描寫文嗎？

不行不行。如果考試沒有其他選項，必須規規矩矩地寫一篇邏輯嚴密的議論文，哼哼，俄小湄啊俄小湄，看你往哪裏逃？

沒辦法啦，現在，就請你老老實實地練習——學寫議論文！

不過，這一回，人家周老師提出了一個新方法：小組集體合作！這讓俄小湄覺得好開心，周老師簡直是太神了！

以往的功課，大家都是個人做的。凡遇到有大功

課，需要找資料或者作訪問之類的，才會有小組合作的份兒。可是，如今寫一篇議論文，何以也用上「合作」這一招呢？

周老師立在講台上，春風得意地反覆強調着：要小組討論！俄小花湄想，這裏頭是否包含着什麼重要的學習元素，比如：相互啟發，互相支援，由此摸索出如何思考、如何鋪排文字、如何組織材料的道理來……這其實都是周老師說的！

功課題目還沒有布置，方式已經定下。

周老師侃侃而談：「以小組的形式來進行。每位同學都要參與，體驗寫作的每一步驟。不能敷衍了事，至於如何去找資料，哪些理據適合，怎麼支援論題，展開說理過程，各自去從中體會……」

聽起來倒也蠻有趣的！俄小湄想。這種方法學習起來，要比起自己獨個兒趴在紙上，吭哧吭哧想半天，咬着筆頭，不知道如何來「說理」，要好得多啦！

她不能不佩服周老師。

這位班主任，個子不高，皮膚黑黝黝的，鼻梁上架一副諾大的眼鏡架，那雙深度近視的眸子，望人時

總是習慣性地瞇起來，給人一種慈眉善眼的印象。遠近的人們都知道，這位教書老先生啊，最是有學養。他在這間學校教書，一教就是幾十年，香港好多人都喜歡跳槽，他可真算有一份堅守精神呢！這是否也與他的好性子有關？你看他，見到人總是樂呵呵地，像一個永遠長不大的老頑童。難怪校園裏的孩子們都喜歡他。

現在，周老師站在講台上，一邊講話，一邊比畫着，手上像握着一條無形的教鞭，神氣活現。他的話潮水似地湧來，充滿着生機。只見他發連珠炮似

地説：「過程，過程，重點是過程，懂嗎？」

大家的眼睛眨巴眨巴的，揣摸着老師話中的含義。

周老師説着，呵呵地笑起來，彷彿自己就像一個大將軍，站在高高的戰車上，指揮着他的千軍萬馬衝鋒向前：「最後的成果是，把你們的寫作內容，設計製作成 PPT 簡報，作 Presentation，向全班同學演示。」

哇！要做簡報？大家的眼睛都瞪得大大的，所有的小腦袋像漂在水面上的葫蘆，隨着這位指揮官的手勢轉。

「這可是一個展示你們才華的好機會哦！」周老師鼓勵道，他不無得意地説，「我要看看，哪個小組完成得最漂亮哦！」

什麼是議論文？

　　議論文是發表意見、闡述觀點、分析問題的文體。簡單說，就是一種「說理」的文體。它以議論為主要的表達方式，通過擺事實，講道理的方式，來闡明自己的立場和觀點。

議論文的寫作特點

　　由於議論文是以說理為己任的，因此在寫作上，特別要注意語言的清晰簡明，要求概念準確，敘述嚴謹，邏輯嚴密，推理合理。要以理服人，最後達致說服人的目的。

 ## 好詞佳句摘錄

好　詞

- **着實**：實在、確實、真的。
- **目不轉睛**：形容凝神注視的樣子。
- **蜷縮**：彎曲、收縮。
- **能言善辯**：很會說話，善於辯論。
- **洋洋灑灑**：形容言論或文章長篇大論。
- **侃侃而談**：形容說話時沉着、鎮定，不感到慌張。

- 這裏的周圍都是獨立的小樓房，樓層低低的，像是相互約好了似的，一座座挨着，如同小朋友坐板凳，錯落有致。

- 這兒沒有喧囂的車流，也沒有擁擠的人流，更沒有恍如白晝的燈光污染。這兒的一切都是自然的，低調的，就像一個待字閨中的少女，活潑而又温婉。

- 你可以把雲彩形容成河流；也可以把大海比喻成人的性情；你可以寫景，也可以抒情；你說這寫起來該有多自由，多瀟灑！

- 有一回，爸爸笑說，她作文中的描寫，實在是誇張得離奇，瞧瞧吧，她把太陽的紅，描寫像公園裏的猴子屁股，把冬天的野草，形容像瘋婆子的頭髮，有這樣描寫的嗎？爸爸哭笑不得。

寫作小練習

細閱以下內容，辨別它主要用了哪種表達方式，圈出代表答案的英文字母。

1. 寧靜的小路上，沒有飛快的車，只有間中駛至的小巴，溫情而低調，將人們載向通往市區的機鐵。有人下車，行人不多。這裏的周圍都是獨立的小樓房，樓層低低的，像是相互約好了似的，一座座挨着，如同小朋友坐板凳，錯落有致。

    A. 議論   B. 描寫   C. 抒情

2. 周老師在白板上寫的字，一筆一畫的，可在俄小湄眼裏，每個字都像鼓足了的氣球，一隻一隻地飄起來，飛向空中，然後又一個一個地爆掉，發出「啪啪」的清脆響聲。天哪，夢境一般，她的思緒飄遠了……一地的汽球屑子，一地凋零的花。

    A. 議論   B. 描寫   C. 說明

3. 善良是什麼？善良是在同學遇到學習困難時，幫助解題或引導，而不是代替完成或予其抄襲；善良是與同學發生誤會的時候，予以誠懇解釋，而不是言語中傷、惡言相向；善良是你樂以助人後的不求回報；善良是你的禮貌、你的克己，你謙遜的微笑。

    A. 議論   B. 記敍   C. 抒情

熱鬧的寫作課

　　這一課，倒讓俄小湄對討厭的議論文，有了那麼一丁點兒的勁頭。

　　周老師那天特別有精神，聲音洪亮，說話時中氣十足。那雙總是瞇起來看人的眼睛，也顯得格外的明亮。他把議論文的寫作方式，子丑寅卯地梳理了一遍，再把重點地方敲了又敲，說：「注意啊，這就叫立論！」然後又舉着例子，再三叮囑一番，說：「注意啊，這就是駁論！」

　　周老師那種津津有味的勁頭，就算你想打瞌睡，也迷糊不成的。他把所有小朋友的熱情，都點燃了。許多人坐不住了，伸長着脖子，一個個都躍躍欲試，恨不得馬上就拿出一份滿意的簡報，交給周老師看！

　　可是，周老師，我們寫什麼話題，議論什麼？

　　周老師調皮地作了個怪動作，神秘地故意不說。

議論文

不知道周老師葫蘆裏賣的什麼藥？大家趕緊不說話，洗耳恭聽。

「你們喜歡看海洋公園的海豚表演吧？」周老師推了推鼻梁上的眼鏡問。

那當然，誰不喜歡？

「喜歡的同學請舉手。」

幾乎所有的小手，都舉了起來。

「可是，有誰告訴我，海豚為什麼會表演，是牠們懂得表演這門藝術嗎？」

當然不是啦！大家笑起來。

「是訓練出來的！」有人搶先答。

是呀，這誰不知道？難道周老師要我們回答這麼簡單的問題？果然，很多人在動腦筋，他們一個個搶着回答——

「因為海豚很聰明啊，老師！」

「因為牠們的身體很柔軟的，牠們很喜歡玩！」

「海豚很會游泳，所以也特別會翻筋斗！」太好笑了，有人哈哈笑。

「海豚很喜歡吃小魚嘛，所以就想玩跳圈圈，因為可以獲得獎勵，吃小魚！」

整個課堂，一片嘰嘰喳喳，像小鳥飛出了窩。

毫無邏輯也好，信口開河也罷，周老師只是瞇起眼睛笑，他時不時搖一下頭，然後忍不住哈哈地笑。最後，只見他一抬手臂，朝大家示意，他要講話啦。

周老師講了一件事。

這是最近網上流傳着的一段視頻，說是有記者發現，海豚在訓練時撞向池邊，並翻身自己插入池底，這動作很不尋常，提出了海豚疑似自殘的疑問。

海豚自殘？

這信息一出，可不得了！立即引起了社會上的普遍關注，大家太喜愛海豚了，可是，有誰會想過這麼個問題，海豚的表演，不是自願的⋯⋯

同學們你看我，我看你，不知道該怎麼回答。他們從來沒有想過，原來，在我們快樂地享受動物的表演時，沒有想過，海豚的感受，牠們願意表演嗎？

動物的感受⋯⋯

動物會有感受嗎？

一時間，課堂裏安靜了下來。窗外，某處工地傳來的機械聲，隆隆作響，時隱時現。

「老師，海豚是不是很可憐啊？」一個小女生在問。

一句話，引得大家面面相覷，不知如何作答。先前那個說海豚喜歡表演的小男生，現在丈二和尚摸不着頭腦，一個人呆呆的，左瞧瞧，右看看，有點坐不住了。他身邊的同學則有的撐着腦袋，有的掰着手指頭，不知道該怎樣解這道題，奇怪而新鮮。

周老師微微一笑，問：「在這個地球上，住着的有人類，也有動物是吧——你們喜歡小動物嗎？」

這個問題太直白了。

「喜歡！」大家齊刷刷地回答。

「你們喜歡什麼樣的動物呢？」

這一問，立刻引來了大家的興趣，回應多極了。從小貓小狗，到斑馬獅子；從雀鳥蝴蝶，到鯊魚海豹；應有盡有。

有的人心血來潮，說喜歡毛毛蟲，鼻涕蟲，屎殼郎……哎喲喲，真叫別具一格呀，你們小朋友，怎麼

什麼都想得出來？

　　周老師一直忍住不笑，任由小朋友去描繪他們喜愛的動物，無論是動物的一二細節，還是相處的一二情態，都會讓人忍俊不禁。教室就像小湯圓扔進了熱油鍋，撲騰騰地翻滾。好一陣子，周老師才清了清嗓子，大聲說：

　　「好了，現在我想提一個問題，既然這世界上住着許多動物，動物與人類關係又十分密切，那麼，我們與動物，應該如何相處才好呢？用一個精練的句子來概括，說一說。」

　　喲，這可是個問題！

　　「我們要愛護動物！」

　　不知誰叫了一句。

　　接着，就有人跟着了：「動物與人一家親！」

　　「動物是我們的朋友！」

　　「不要虐待動物！」

　　「人類也是動物！」

　　「愛動物，愛地球！」

　　……

　　「哈哈，說得好，說得好！」周老師滿意地用手托着下巴，「這些都是好論點嘛！」

　　繞了一大圈，周老師開始進入正題。他鄭重其事地揭開了如何布置寫作的謎底：「我們這次寫作的議論文的討論主題是——」

　　他轉過身，在白板上端端正正地寫了四個字：

　　「動物與我」。

課堂內沸沸揚揚着動物與人的話題，但俄小湄的腦子裏，呈現的卻是生動有趣的寓言與童話。醜小鴨，夜鶯，野天鵝，農夫與蛇，漁夫與金魚……

喲，現在老師說的可是議論文哦，她提醒自己，不要弄錯了。

「這是中心的論題，」只聽周老師說，「至於具體內容，由你們自己定。大家組成不同的小組，共同來完成一篇議論文，懂了嗎？至於具體是寫什麼內容，如何擬定題目，由大家自己商討決定，怎麼樣？可以完成嗎？」

「可以——！」這些小同學，從來都習慣於拖長聲回答。

「難嗎？」老師又問。

「難……」有人在機械回答。話一出口，又覺得不對勁，連忙打住改口：「不難……」

哈哈……全班又笑翻了。

活躍的課堂氣氛，令孩子們輕鬆愉快。

「再提一次，首先是要有論點，」周老師總愛作手勢，「然後，要拿出你的論據來，注意啊，無論是

什麼論據，都是用來證明你們的論點的，對不？要留心呀，論據必須是充分合理的！議論文的三要素是什麼，記得嗎？」

「記得——！」

孩子們拖長了聲調，齊齊地叫嚷：「論點，論據，論證……」

周老師連忙抬起雙手，作出向下壓的姿勢，快樂地用一根食指豎在嘴唇中間，這是大家熟悉的周老師的慣用動作，他是在示意大家要「小聲一點」，或是「別吵了人家隔壁的教室啦」的意思。他的眼睛瞪得圓溜溜的，越過鼻梁上的鏡架上沿，向大家注視，露出一副又驚訝又害怕的誇張神色。

大家被他的表情逗樂了，一陣笑聲。

哪知周老師又來一個無可奈何的表情，像洩了氣的皮球似地，頭一歪，卻不料碰落了眼鏡架，那眼鏡架子忽地滑下來，他慌手慌腳地連忙托住。

全班又一陣哄笑。

「周老師真好玩啊！」有人在叫。

周老師馬上認真起來，一臉驚訝地問：「哦？老

師是好玩的嗎？」

大家一聽，樂開了懷，又拍手又拍桌子。

一個小朋友腦子轉得快，大聲叫道：「海豚才好玩呢！」

「周老師不是海豚呀，」周老師看了說話的同學一眼，說道，「但是，周老師如果不開心的話，可以講出來，表達出來，對吧？可是，如果是海豚呢——動物是不會說話的，是嗎？」

這一下，又把人給問住了。

動物不會說話……

一個圓圓臉小男生說：「但是，海豚是很開心的！」

他身邊的一個圓鼻頭小男生翻了翻眼珠子，問道：「菠蘿包，你怎麼知道海豚是開心的？」

「是啊，你的論據是什麼？」後排一個紮小辮子的女生，尖聲地問道。

「因為牠們跳得好高！」被稱作菠蘿包的圓圓臉小男生說。

「跳得好高，是訓練出來的，未必是開心！你這個說法沒有依據。」小辮子女生說。

「對，論據，要確實可信！」圓鼻頭男生說。

菠蘿包一時語塞，一張圓圓的小臉，紅了。

周老師的臉上笑開了花。他朝小辮子女生伸出一個大拇指，毫不掩飾自己的稱讚，說：「提得好啊，布思思，對的，提出論點得有論據，你菠蘿包……」

菠蘿包……他叫什麼名？

同學間喜歡互叫綽號，把周老師也給弄糊塗了，他一時竟記不起這圓圓臉小男生的中文名了。他記得布思思的名字，她是數學科代表，中文能力卻也頂呱呱的。看到學生們能清楚表述自己的觀點，周老師真的無比歡喜，滿臉泛着紅光。

布思思眨了眨她漂亮的眼睛，咧嘴一笑，老師的稱讚讓她高興，但也有一點兒不好意思呢！

「老師，我知道，動物不會說話，但牠們是有感情的，是有許多例證的……」柳菲菲說。

她還沒有講完，周老師就接過話去，說：

「柳菲菲說得好啊，動物是有情感的，這就是一個好論點嘛！」

菲菲似乎還有許多話想講下去：「比如，狗與人的關係，狗會與主人一起玩耍……」

「是的，狗是人類的朋友嘛！」

一個戴眼鏡的男生插嘴道。

「哈哈，背書囉，這哪個不曉得啊？」

有人對插嘴男生的話，不以為然呢。

戴眼鏡的同學卻說：「可是，有某些地方，有人食狗肉哦……」

哇！夠犀利！這句話頓時引來軒然大波，許多孩子的臉上，露出憎惡的表情。

「是啊，我爸爸說某地方有狗肉節！」

「他們有的人還吃貓呢！他們什麼都吃……」

「哇，太過分啦！」一個小女生尖叫了一聲。

「但是，狗肉也是肉……」

一個黑臉小男生嘿嘿地笑，故意挑釁，卻又不敢大聲。但仍把許多人給刺激了，逮住了他的話。

「狗是人的朋友，怎麼可以吃？」有人朝黑臉男生嚷道，怒不可遏。

黑臉男生的脖子一縮，有點兒後悔，但是遭到圍攻的情勢，看來已難以改變了。大家議論紛紛。

「狗是有感情的，我們不可以殺死牠們！」有人看了黑臉男孩一眼。

「對！食狗肉的人，沒良心！」

「吃狗就像吃人！」

「狗與我們家人每天生活在一起，怎麼可以殺⋯⋯」

黑臉小男生低下頭去，伏在桌上，不再出聲了。

看來，同學們對傷害貓狗的舉止，有着強烈的反應。同學們的善良和愛心是天然的，純粹的。人生的路很長，他們會遇到更多的現實的矛盾與衝突。

周老師微微地笑着，不語。他似乎很滿意同學的各抒己見。「你們可以圍繞這個主題，從任何角度來談，根據議論文的寫作特點，論證要合理，結構要完整。明白不？」

大家好像突然發現，其實議論文不難寫啊，只要有了論點，就去找論據就是了。如果說難，就是如何把話說得更簡捷，更有邏輯，更有說服力，要在論證過程發揮自己的長處，不是嗎，這是一個挑戰哩！

「好了，」周老師大手一揮，「現在，大家可以自由搭配啦，四五位同學一組，組長嘛，也就是召集人，要召集同學一起，完成整個寫作過程。有問題嗎？」他詭秘地一笑，「新年假期，有一個漫長的時段啊，有足夠的時間準備啦，是不是啊？」

說完，周老師自己又哈哈地笑起來。

馬上行動！你跟誰一個組呢？要物色自己的團隊人馬呀。你叫我的名，我叫你的號，整個課堂像一個小馬蜂窩，嗡嗡地轉開了。有人臉上露出了為難之色，彷彿在說，哎喲，過年了還要做大功課呀！也有人則情緒高漲，一副打算大展鴻圖的模樣。更多的人則在拍桌子敲板凳，興奮莫名。

課堂裏喧嘩一片。

下課鈴響了。

論點、論據、論證

議論文的三要素

論點、論據和論證，是議論文的三要素。

1 論點

論點，就是你的立場和觀點，你的這篇議論文的出發點。

2 論據

論據，就是支持你立場和觀點的依據。這種依據可以是從事實出發的實例，也可以是從理論出發的道理。我們常用實際的例子來作論據，即發生過的確鑿事例，也可以用道理論據，即人所周知的道理，比如名人名言或科學依據等。

3 論證

當你用自己的論據，來證明自己論點的這個整個推理過程，就叫作論證過程。

論證的方法有多種，例如舉例論證、引用論證、比喻論證、對比論證、類比論證、演繹論證、歸納論證、因果論證等等。

好詞佳句摘錄

 好詞

- **津津有味**：形容興味濃厚。
- **洗耳恭聽**：專心、恭敬地聆聽。
- **面面相覷**：互相對視，不知所措。形容詫異或驚懼的樣子。
- **鄭重其事**：處理事情的態度嚴肅認真。
- **不以為然**：不同意，不認為是這樣。

佳句

- 周老師那種津津有味的勁頭，就算你想打瞌睡，也迷糊不成的。他把所有小朋友的熱情，都點燃了。

- 整個課堂，一片嘰嘰喳喳，像小鳥飛出了窩。

- 課堂內沸沸揚揚着動物與人的話題，但俄小湄的腦子裏，呈現的卻是生動有趣的寓言與童話。醜小鴨，夜鶯，野天鵝，農夫與蛇，漁夫與金魚……

寫作小練習

一、試找出以下各段的論點,寫在橫線上。

1. 人生什麼事最苦呢?貧嗎?不是;失意嗎?不是;老嗎?死嗎?都不是。我說人生最苦的事,莫苦於身上背着一種未了的責任。人若能知足,雖貧不苦;若能安分(不多作分外希望),雖失意不苦;老、病、死乃人生難免的事,達觀的人看得很平常,也不算什麼苦。(梁啟超《最苦與最樂》)

論點:＿＿＿＿＿＿＿＿＿＿＿＿＿＿＿＿＿＿＿＿＿＿

2. 我經常想,生命的意義是什麼?人活着,應該活得有意義。作家巴金曾說:「我的一生始終保持着一個信念,生命的意義在於付出,在於給予;而不是接受。」當我們在幫助弱者、奉獻社會的時候,我們會在這付出中,感受自己存在的價值。辛苦與勞作,使我們的內心變得充實和富有,這就是我對生命意義的理解。

論點:＿＿＿＿＿＿＿＿＿＿＿＿＿＿＿＿＿＿＿＿＿＿

3. 從某一意義上說,相信自己會是一個什麼樣的人,日後就可能達成。因為它就像在心理上豎立起了一塊無形的豐碑,不管你是有意還是無意,因為這種心理暗示,而使你下意識地朝那個方向努力。也就是說,這一「相信」成為了你某個信念,它推動你日後真正成為了你所相信的那樣一個人。

論點:

二、試以《論流浪動物》為題，寫一篇議論文，表達你的立場，
　　並提出適當的理據。（提示：流浪動物包括流浪貓、流浪狗、
　　流浪牛等等。）

4 小野貓麥可兒

這一夜，俄小湄睡得好香。

清晨的陽光像潑出來的水，從窗簾的縫隙間溢進來，把小房間染得亮亮的。俄小湄一骨碌從牀上起來，感覺整個人神清氣爽的。她伸了伸胳膊，舒展身子的那一刻，忽地想起夜間做了的一個夢。她騰地一下跳下牀來，趿着拖鞋，跑到父親的跟前，叫道：

「爸爸，昨晚我做了一個夢！你猜，是什麼？」

爸爸正在刷牙，見女兒這般大驚小怪的，便側過臉看了女兒一眼，皺了皺眉，古怪的表情像是在說：「你的夢，我怎麼猜得到？」

女兒「噗嗤」一聲笑出來。

「麥可兒！」她叫道，「我夢見了我們家的貓兒了！」

雖然她的聲音好大，卻似乎沒引起爸爸的好奇。

只見他把漱口杯送到唇旁，「咕嚕嚕」地漱口，然後，撩起搭在肩上的毛巾，抹了抹嘴，輕描淡寫地問：

「怎麼，夢到了咱家老貓？」

「是呀！」俄小湄眉飛色舞，「不過，只是一個鏡頭而已，牠坐在門旁吃貓糧。」她不無失望地說。

「只要不是噩夢，就行啦！」媽媽嘟噥了一句。她從廚房步出，手裏端着一碗熱騰騰的陽春麵，「趕快梳洗了，吃早餐吧！」

媽媽下意識地朝女兒望了一眼，心想，這孩子，大概仍是放不下她那隻死去的橘子貓吧。記得埋掉死貓的那天，女兒一直在傷心抹淚。那會兒，她很想安慰女兒，便體貼說：「找個時間，我們一起去寵物店，再買一隻，挑個更漂亮的。」

原以為這話可以令女兒心情好一點，孰知女兒聽了，竟一下子哭起來。一個人飯也不吃，水也不喝，關在房間裏，誰叫也不理。

現在的孩子呀，都不知道他們在想什麼。媽媽鬱悶了。

幾位要好的家庭主婦走到一起，拉起家常時，免

不了要提起自己的孩子。有人說起了「代溝」這檔子事兒。一位挺有主見的婦人道，現代人的代溝，早已不是一代與一代之隔，而是十年之隔，五年之隔，人與人之間的互相不理解，已是常態⋯⋯

唉，媽媽也無話可說。好不容易挨過了那段失神落魄的時光，女兒現在卻又重提那惹人煩惱的貓兒，這怎不觸動媽媽的神經？

「做夢⋯⋯是不是因為昨天那隻小野貓？」爸爸打趣道。

俄小湄心裏一動。她用自嘲的口吻，說：「爸爸的意思是，日有所思，夜有所夢？」

「小湄，」媽媽叫了一聲，「記得將空膠樽和鋁罐，扔去樓下的回收站，好嗎？」媽媽這是有意將話題拉開去吧？

正巧，女兒的手機發出「必必」的信號聲。小湄連忙跑進屋去查看，原來是菲菲在小組羣裏發短訊。

自從那天周老師布置了議論文功課，俄小湄與幾個小組同學，馬莉，小個子比利，長腿可樂，都在羣策羣力地想選題──按照柳菲菲的要求，提出論點，

還得找出相應的論據。她們建起了一個羣，命名為「小飛象」。現在，小飛象召集人在發話了。

「請大家留意，現在我們已有了三個題目，第一是『狗是人類的朋友』，第二是『動物是有情感的』，第三個是『我們要愛護海豚』。只是，都還沒有相應的論據，大家想到了什麼嗎，請提出來，我們決定選其中哪一個，然後就開會，將討論以什麼方法論證，是立論，還是駁論。好不好？」

沒人有反應。

可能還都沒有起牀吧？俄小湄望了一下天空，太陽亮得耀眼，晃得人眼睛都睜不開，這樣怡人的天氣，不睡個懶覺，更待何時？菲菲呀菲菲，你也太勤快了吧？

小湄低下頭，又細看了一遍短訊。心裏一動，畢竟是語文科代表呀，菲菲她說話辦事，真像樣呢！

可是，選哪個題呢？好像每個都挺有趣的。

天氣真好，午後的太陽爬到陽台上，把每個角落都爬遍了，曬得人從外到內都暖洋洋的。俄小湄趴在陽台上，幾乎快睡着了。當她再去翻看手機的時候，

發現馬莉已經表態了，說選海豚話題，理由是，她太愛看海豚表演了，實在不能不寫這個題目。

海豚……小湄正在琢磨，卻見小個子比利發了一個大表情，是一張誇張的金黃色圓臉，太陽似地大笑，笑得眼淚流。

她一笑，想必比利他是不同意啦？

緊接着，是可樂發出的短訊：「三個題目都好，不過，我更喜歡第二個：動物是有情感的。」

菲菲即時回應了，問：「為什麼呢，你的論據有了嗎？」

可樂回覆道：「當然有，我家有寵物狗，叫黑虎，牠跟我非常要好。」

小湄撲哧一聲，差點笑出聲來。比利的大表情應該送給他才好。

果然，小個子比利又發來一個大圓笑臉，這回的笑臉更誇張了，笑得顛三倒四的，歪在一邊了，眼角竟然笑出了淚花。

俄小湄這下子哈哈哈地笑出了聲，一個人大笑，倦意全無了。

須臾，只見菲菲的短訊出現了：「小湄，你有什麼提議呢？」

小湄忽地收住笑，菲菲有觀心術嗎，看到了自己的笑？她連忙說：「菲菲我再想一下。」

她想起媽媽囑咐的扔垃圾的事，便提起膠袋下樓去，經過二樓走道時，感覺周圍有什麼異樣，便止步了，定神一看，愣了。

——那隻流浪貓！

牠正閉着眼睛蜷縮在一堆雜物間，樓道旁敞開的窗

格子上，陽光正像厚厚的被子似地，無限慷慨地裹在這隻流浪貓身上，牠睡得好香啊。

也許牠太疲勞了？牠似乎沒有察覺有人在近處。

小湄舉起手機，將鏡頭對準小野貓，按了一下。

小野貓猛地驚醒了，嚇得忽地彈起，迅速轉身，奮不顧身地躍上窗口，撲了出去。

「哎——」俄小湄來不及制止，牠已經不見了。

天哪，那可是外街啊，牠不怕摔死嗎？

為什麼有樓梯不走，以一種寧死不屈的姿態，來抵來犯者？她俄小湄有這麼可怕嗎？這小野貓寧肯冒着生命危險，也不願與人接近，牠把所有的人都看成了潛在的傷害者，連她這麼個女孩子，也被看成了可怕的偷襲漢⋯⋯

糟糕！不得多想，俄小湄一轉身，衝下樓去。

她一口氣奔出樓道口，兩隻眼睛像兩盞探照燈，迅速地四處探看。

還好，空空也，什麼也沒發現——牠逃跑啦！

這麼一想，她鬆了口氣。

樓道外的小巷口，不知誰家的車子，停靠在那

裏，一條原本不寬的通
道，變得更狹窄了。俄小湄
小心翼翼地繞過私家車，朝馬路方
向眺望，左右四顧，沒發現任何動靜，遠
處，小巴站附近，站着三三兩兩等車的人。她
腳步一移，正想打道回府，眨眼間，卻見一個小身影
冒了出來，站在路旁。

她嘴角一翹，笑了。

顯然，牠也看見了她。

是隻小野貓，可愛的小東西。現在牠端坐於道。
綠化斜坡旁的小路，風兒徐徐，
草葉搖曳。牠像是全然知道

俄小湄在找牠似地，直勾勾地望過來，沒有想走的意思。

「咪咪，」俄小湄喚了一聲，然後，她學了一聲貓叫，「喵——！」

她不由得想笑，她驚訝自己怎麼會為了小野貓，而模仿起貓的叫聲！此刻的她，多像一個頑皮搗蛋的小男生！

說來也奇怪，此刻，她的心底無限溫暖，一縷叫作憐憫的情愫，冉冉而升。她很想大聲地呼喚這小貓兒——她是憐愛牠的呀！牠會懂嗎？牠曉得自己對牠不會有任何傷害的嗎？

「麥可兒！」她在心底這樣呼喚。

時間，空間，影像閃動。

她腦海裏出現了那隻毛絨絨的、伴隨她成長的橘子黃貓咪。

她向前邁了一步，接着，又邁了一步。她不想嚇跑了牠，她的步子很輕，就像舞台上一隻穿戲服的小貓——那是在她幼稚園高班時，曾踮着小腳尖，飾演過的芭蕾小貓咪。

她走向牠，離牠越來越近了。

牠躬起腰，警覺地立起身來。

停步，她收住腳。

貓兒微微一扭身，跑開去。不過，牠並不走遠，只與她保持着足夠的距離。

好機靈的小野貓！於是，她朝牠叫了一聲：「麥可兒！」

忽地，一種莫名的感動，從她心底升起。像一張巨大的、漲滿大風的船帆，鼓動着她向前而去，去召喚那隻小野貓。

可是，小野貓似乎並不領情，每當俄小湄向前邁幾步，牠就機敏地跑開幾步。她止步不前，牠也就停下來觀望。

俄小湄一笑，她是會有足夠的耐心的！

「喵——」她朝牠叫了一聲，很像哦，小貓的叫聲，她覺得自己就像另一隻貓，一隻流浪貓的小伙伴。

這貓兒似乎並不領情，一聲不吭，警惕着。

僵持着，誰會贏？當然是小貓，主動權在牠那裏

哩──牠逃了。

小湄有點失落，當她把這事兒，一五一十端出來，爸爸一邊吃飯，一邊點頭說：「好啊！」

媽媽一邊幫他們盛湯，一邊不解地問：「為什麼說『好』？」

爸爸狡黠地一笑：「你不見這小傢伙有變化嗎？牠沒有逃之夭夭，只是停停走走，走走停停，嗯？」

媽媽說：「貓兒嘛，不就是這樣？」

一鍋老火湯的濃鬱香味，飄滿了屋子。爸爸喝了一口湯，只笑，不說話。

俄小湄說：「就是說，牠比前一天對我戒心，有了改變，是嗎？」

爸爸哈哈地笑起來。

「我給了牠一個名字，」小湄頑皮地歪了歪頭，「麥可兒。」

媽媽什麼也沒說。女兒的心跳節奏，她卻是摸得非常真切的。

發生了小爭執

小飛象羣發生了小風波。

事情還得從馬莉說起。

這不，召集人柳菲菲把三個選題，推在大夥兒跟前了。狗，動物，海豚。這都是大家最初提出的，凝聚焦點，落實一個吧，快些拿主意……

馬莉的短訊說：「我們要愛護海豚。」

可樂的短訊說：「動物是有情感的。」

菲菲的短訊說：「狗是我們的朋友。」

只有比利和小湄還在「潛水」，一個泡泡也沒有冒出來。終於，比利的短訊冒出來了：「我來匯總做簡報。」

大家都曉得，比利有繪畫的天分，把做簡報的事兒交給他，當然最合適。可是現在，文章的題目還沒定呢，一步還沒走，你跑到一百步遠去了！

俄小湄也在左右衡量，好為難，幾個標題選哪個？於是說：「我來做後期，打字和文字修飾！」

短訊剛發出，馬上就後悔了。菲菲不是要求大家商討選題嗎，周老師也說要羣策羣力……正在她思前想後，卻見有人在發表意見了。

菲菲說：「論據呢？各位說一下好嗎？」

馬莉說：「海豚是大家都喜歡的動物，我們要保護牠。雖然有人譏笑我，但我也會保留自己的觀點。」

這是什麼論據呀，俄小湄愣了一下。話中似乎還帶點刺兒。

　　果然，比利被刺疼了：「海豚表演的確好玩啊，不過，我並沒有譏笑誰哦！」

　　馬莉一向嘴尖舌利，說話不饒人：「你沒有譏笑誰，可能是譏笑海豚吧？」

　　比利半天沒說話。

　　小飛象羣靜默了好一陣，不再有動靜。

　　也許，馬莉發覺有所不妥吧，打破沉默說：「其實，海豚的上台表演，未必是自願的，牠們是受訓而為，牠們原本是生活在大海裏的嘛，對不？現在被關在一個公園大水池裏，會開心嗎？」

　　「當然不開心！」可樂發短訊，冒泡了：「所以我才想，『動物是有情感的』這個話題很重要，舉例說吧，比如小狗，與人互動的實例太多了，網上查一下，比比皆是。」

　　長腿可樂是在支持馬莉嗎？不對呀，他分明是在為自己拉票，仍在提議他原先的題目。

　　其實，可樂並不是沒有考慮馬莉的題目。

　　海豚的舞台表演是否開心，要論證這樣一點，需要找合適的依據嘛，起碼兩條才行吧？對此，許多人

爭論不休，想有合適的理據，會費勁的……要知道，我們現在就要動筆了，若論據不足，寫起來會有難度，何不換個題兒，比如，動物是有情感的，那例子可就多了！

長腿可樂平時愛看視頻，動物與人的互動，這方面的實例，他看過好多呢。於是，可樂想把自己的想法，寫給小飛象羣，便飛快地用手指在手機上劃，一個字一個字，這短訊真是長了一點，費勁！

俄小湄從顯示屏上，看到長腿可樂的狀態，正在「輸入中……」。俄小湄不由得笑起來，長腿可樂笨笨的，也可以用聲音發短訊呀。

這邊廂，長腿可樂還在忙，那邊廂，就見飛出了一條厲害的話：「我們小時都看過海豚表演吧？可別長大了就忘了牠們，不幫牠們！」

又是馬莉。

雖然只是短短一行，但誰都可以嗅出馬莉的火藥味。似乎那漲紅了臉的小模樣，已在小飛象羣裏晃來晃去了。

長腿可樂的手指停住了。他有點惱怒，也許，大

家應該坐下來商討，在手機裏講，始終受限，其實也說不清楚……

俄小湄連忙出來打圓場：「咱們定一個題目，然後把我們現在的論據，統統放進去——我們要愛護海豚，狗是我們的朋友，動物是有情感的……」

這下可兩全其美了吧，她想，她有點沾沾自喜。

「老師說了，一篇議論文圍繞一個中心點寫，論點再多，就算是相互有關聯，也會因分散主題而不能切中要害，反而令議論文失去說服力。」菲菲說。

菲菲輕輕的話語，卻呼嘯而過，像一陣強風，掃過小湄的腦門兒。

是啊……小湄的臉龐一熱，她意識到，自己剛才犯了一個低級錯誤。

出洋相了吧……

是的，寫描寫文，可以在一篇文章中，寫景呀物人呀同時來，可是寫議論文就不能這樣。這叫不同文體，不同作法。周老師不是這樣教的嗎？

比利不失時機地說：「對，失去說服力的議論文，就是失敗的文章。」

大家一時無語。

菲菲說：「我覺得，我們把重點放在《動物是有情感的》和《狗是人類的朋友》這兩條上吧，或者，也可以考慮，合起來……？」

菲菲是在考慮小湄剛才的提議嗎？這回小湄可想清楚了，發表見解：「兩個題目，各自有所側重的，對吧？」

菲菲說：「對，動物有情感，可以舉不同動物的例子；而狗是人類的朋友，則只談狗的品性，情感是牠們其中一個特點。」她朝小湄送了一個大拇指。

能得到中文科代表的讚賞也不易啊，小湄笑了。

現在，馬莉有所改變了：「狗是有感情的。」

比利也說：「動物是人類的朋友。」

「小狗與我。」這是可樂。

「小貓與我。」是的，這是俄小湄的話。

看來，只有開會討論吧。

但是，俄小湄怎麼又來個新話題呢？這不是節外生枝嗎，別添亂啦。一個尖嘴利舌的馬莉，已經讓人吃不消啦。

其實，俄小湄也有點說着玩的，她想起了流浪貓。她在尋思那貓兒，為什麼一直跟自己捉迷藏？

也許，俄小湄可以寫一篇作文，但一定不是議論文吧？

正想着，手機震動起來，響起電話鈴聲。一看，是菲菲。

「怎麼想到寫《小貓與我》呀，小湄？」菲菲奇怪地問，「是不是，又在掛念你的那個麥可兒了？」

俄小湄笑起來，解釋道：「是這樣，我家附近出現了一隻小野貓。好幾天了，牠一直都在⋯⋯」

「哦？這有什麼稀奇的，到處都會有野貓啦。」菲菲不以為然，「怎麼，你不會是想要收留牠吧？」

「哦不不，那倒也不會。」小湄一

口否定。也的確，她自己真沒有想明白。

「別理會牠了，那種野性十足的野貓，在家裏是不好養的！如果想領養，不如去動物保護協會嘛，那兒有許多可供選擇。」

「我也沒有想養呢，自從麥可兒死了，我就不想再養貓啦！」

一時間，她的心思岔開去。她那隻小貓麥可兒真叫乖巧呢，懂得與她交流，會與她握手，會在她坐下時靠過來，主動跳到她懷裏，這不就是一種情感嗎？

「你沒在聽我講吧……」

她聽見菲菲在問。

哦，菲菲可真敏感！剛才自己真的走了神呢……

現在，俄小湄心裏對收留小野貓，似乎有了更多的渴望了。

長腿可樂在小飛象羣裏求饒了：「各位同學，開小組會，當面討論吧？」

菲菲當即發號施令：「好，小組會上見！」

不一樣的菲菲

　　菲菲住的屋村靠山，近海，巴士在城裏長長地繞過幾條街，很快就到了。小飛象羣組的成員一起相約着搭車，説一路的話，看一路的街景，過節似地開心。

　　以往同學相聚，都會找學校附近的速食店。這次不同了，需要一個安靜處，不僅需要動腦筋，還需要電腦上網查資料，一起擬提綱甚至寫初稿呢！菲菲一早就打算好了，自告奮勇，邀大家去她家討論：「我跟爸媽請示過啦，批准！」

　　好主意！大家歡喜雀躍。

　　推門入屋，大家眼前一亮。喲，這屋子多明亮，收拾得多乾淨！客廳好大，可以拉着手在廳裏轉圈圈啊！那張米黄色的長沙發，坐得下好幾個人！

　　一羣孩子笑着嚷着，撲上去搶坐。

　　看吧看吧，都是小孩子是不是？哪有這樣，好像

不搶一下，不足以表達開心似的！

而且玻璃茶几上，放着好些糖果呢！

菲菲說：「吃吧。」便把杯子和水壺端過來。

男孩子哈哈地笑，相互擠着，是不好意思吃吧，卻又忍不住伸手去取。

俄小湄不想坐，趴到百葉窗上，看遠處的風景。這樓宇好高啊，住在這裏的人，每天都可以眺望遠方，多有趣！近處的眼底是葱綠一片的茂林，有帶噴水池的公園和優雅的購物商廈；遠處可以望見雲天相連的陡峭山岩，還有寬帶子般的高速公路，以及那川流不息的滾滾車流。一切都充滿着都市迷人的氣息。

菲菲的家收拾得井井有條，一塵不染，又沒見有個女傭照料，想必她的媽媽是一位很能幹的女主人了。於是有人問：「菲菲，家裏大人都上班了？」

「爸爸上班，媽媽是家庭主婦，不上班。」菲菲說，「我媽為了我們今天的討論，特地出門去會朋友啦！」

「喲，為什麼呀？」

「讓我們有多點自由，不拘禁，有主人的感覺

嘛！」菲菲道。

小湄不由得對菲菲的家長心生敬意。

「你媽媽很愛你啊，菲菲！」小湄說，然後又補了一句，「不，是很尊重你。」

菲菲欣然點頭，似乎很滿意小同學的評價。

愛與尊重，有差別嗎？小湄閃過一念。為什麼，許多人說，有些家長並不懂得如何愛孩子呢，是否因為少了「尊重」二字⋯⋯？

「喲，小貓毛公仔哦，多漂亮啊！」洗手間傳來馬莉開心的聲音。

大家嘻嘻笑着跑去看。原來，馬莉發現了「新大陸」，洗手間的架子上有兩隻小貓毛公仔，戴着花兒繫着領結，一副婚場上的派頭。馬莉快樂得格格笑。

「喜歡毛公仔呀，去我的房間看！」菲菲說。

這一看不得了，幾個孩子齊齊地叫起來：

「哇──」

只見菲菲的牀上，靠牆的一邊坐了一排毛公仔，開會似的。有獅子，北極熊，笨貓尾，變身精靈，紅毛公仔，甚至還有名偵探柯南！真像一個童話世界！

　　真令人驚訝啊，玩毛公仔的柳菲菲，與大家眼中的大家姐似的她，相去甚遠哦⋯⋯

　　菲菲像是猜透同學仔的心思，便嘻嘻地笑起來，說：「都是親戚朋友送的呀。從小到大，一到過生日或什麼時節，大人們就喜歡送這些！以為小孩子嘛，都喜歡這些毛絨絨的傢伙！其實，全不是這麼回

事！」

「怎麼呢，小孩子本來就喜歡毛公仔嘛！」馬莉樂不可支地說。

「小時候喜歡，可是，長大了呢？」菲菲問。

「長大了，也喜歡呀！」小湄抱起一隻小熊毛公仔，摸了摸牠柔軟的小腦袋。

菲菲不以為然：「其實，新鮮勁兒很快就過去了，扔在那裏成了擺設──不過，大人們是不懂的。人們往往自以為是，以自己的判斷來度他人的心思。就好比……人喜歡海豚表演特技，就以為海豚自己很願意表演……」

「哈哈，說的正是！」馬莉馬上呼應。

「你是說，人類缺乏對動物的理解？」長腿可樂對菲菲說。

「對呀，沒有同理心。」菲菲說。

同理心？大家互相看了一眼。

「我們可以用同理心，來作為理據推論動物的感情嗎？」小湄問。

「應該從同理心出發吧，」菲菲吧，「或者說，

叫作換位思考。」

喲，這個詞兒內涵！菲菲是從哪裏學來這麼些準確表達的好詞？

「書上的呀！我爸爸説，現在一切都在變，有許多新知，我們要不斷更新舊的觀念。」菲菲的小嘴巴一翹一翹的，話語多多，在學校裏上課，也沒見她這麼能説會道的。也許，在自己家裏，畢竟不同，更能發揮自如？

小湄不由從心裏佩服起菲菲來。

「爸爸後來給我專門買了一部電腦，真讓我開心！我可以自由自在地上網啦，找資料、看資訊，還可以發現很多好看的新書，免費閱讀！」

一提電腦，大家的話匣子就打開了。

長腿可樂説：「可我爸不讓我上網啊，剝奪了我的自由權利！」

小個子比利説：「我阿媽也不給我玩電腦，對我實行限時政策，平時不能上網，只能周末放鬆一下，只有一個鐘……搞到我想查資料，也受拘束呢——要申請！」

坐在旁邊的同學吃吃笑。

馬莉說：「我家的電腦歸我爸爸一個人專用！總說我還小哦，不可以亂上網！我只好在學校上網。你們知道啦，學校又有幾多時間可以去電腦室呢？」

小湄說：「我家電腦也主要是我爸爸用，媽媽和我都少用。」

「大人有他們的擔憂。想想吧，萬一把握得不好，就會有問題。比如網上遊戲這麼多，一直在引誘你去玩，連大人都會玩得失了方向，小朋友能頂得住嗎？一看遊戲，都沒心思做功課了！」

「我可不喜歡玩遊戲！」小湄說。

「但我喜歡啊……」長腿可樂說。

「我也喜歡！」比利眉毛揚起來。

「所以大人才不讓你們上網呀！」小湄格格地笑起來。

「遊戲真是好吸引人！但一個小時怎麼夠——還沒開始就結束了。」比利説。「我阿媽還用了一個詞兒，叫作『玩物喪志』喔！有這麼嚴重嗎？」

大家都笑起來。

「其實，現在互聯網時代，商業行為花樣翻新，不受控制。還得靠自我控制，自己的判斷，自己的選擇。」菲菲説。「就算是手機，也不是什麼好東西，很多大人包括後生仔玩手機，也陷入沉迷狀態，丟了手機像失了魂，手機令家人之間的關係，反而更疏了。」

菲菲的這番話，簡直就像「家長上身」，那説話的語氣和氣派，頭頭是道的模樣，多像哪個家長呢！嘿，菲菲呀，你果真像一位「大家姐」哦！

「其實，我們不小啦，大人多餘擔心嘛……」馬莉嘟嚷了一句。

菲菲笑了：「大人的顧慮可以理解，利弊之間，總是要平衡一下。我用電腦，也受限制啊，媽媽説是

為了視力，但實際上我心裏明白，她也怕網上有壞東西，會干擾我吧……」

「你爸爸媽媽時常跟你說一些道理，是嗎？」馬莉問。

菲菲想了想，說：「他們只是將自己的想法告訴我，與我討論，然後，叫我自己把握。」

「哦，真好，」小湄想到了自己的父母，連忙說，「我爸媽也差不多，也是這樣。」

「我阿媽只會叫我：多用心思在讀書啦！」長腿可樂模仿着媽媽的樣子，「考試考好了，阿媽就高興，考得不好呢，她也不會惱，只說下次多點努力啦，就這些。」長腿可樂嘿嘿一笑。

「沒有惱火，就很好啦，要你讀書多點努力，也沒錯呀！」比利說。

可樂聳了聳肩，沒有再說話。

小湄對可樂說：「你可以主動跟阿媽說說自己考得如何嘛，這樣，阿媽也許會與你一起研究你的功課了？」

「我才不想呢！」可樂說得很乾脆。

7 在思考中提升

　　菲菲熟練地打開了自己的電腦，一邊說：

　　「小湄家附近出現一隻小野貓，這些日子，她正在為了贏得牠的信任，而煞費苦心呢！」

　　長腿可樂有些奇怪：「咦，小湄，你想收養流浪貓？」

　　「我只是慢慢地接近牠而已，」小湄開心一笑，點頭道：「動物與人是能產生感情的。」

　　比利說：「動物始終是低等的，不會說話，沒有思想，怎麼懂得人的感情呢？牠們只是被好心人收養，來陪伴人而已。」

　　「我不這樣看，」小湄說，「動物與人是有交流的。牠們不是簡單地被餵養，牠們也有選擇——是否肯成為你的好朋友。」

　　小湄腦中閃過小野貓從樓道窗口一躍而下的鏡

頭。動物是有情感的，甚至也有智力！她這樣判定。

「我們的議論文就談談動物的感情，怎麼樣？」馬莉說。

小湄點頭。

「好啊，保護野生動物！」比利說。

馬莉奇怪地望了比利一眼：「喂，同學仔，野生動物與野貓，是兩回事啊！」

小湄想了想，提議道：「動物與人，談權利的公平。如何？」

「這題目太大了吧，動物與人？從標題很難看出立場。」長腿可樂說：「周老師說了，議論文，只有一個中心論點！」

「那麼，『人與動物一家親』，這議題如何？」小湄開動了腦筋，有了新點子。

「你想說……」馬莉在想。

「就是贊成養寵物！在家裏，一家親……」

小湄比畫了一下，眉開眼笑。

長腿可樂一聽，話多起來，眉飛色舞道：「對呀，家裏養起了小動物，可以與小動物一起玩，心情愉

快，一家人相處時的話題也多了，和諧了，是吧？」

這番推論，像是頗有道理！

比利接過話來：「是的，養小動物，能令人們更有愛心！因為要照顧小動物嘛，人的心胸也開闊了，我阿媽說，人是有善良天性的，有一種關愛他人、同情弱小的本能。」

「説得有道理，」小湄説，「當你養了一隻小貓，你也會關注小狗，或者其他動物，甚或救助瀕危動物……」

菲菲自己沒有養過小寵物，很有興趣地聽着大家侃侃而談。

比利説：「養小動物能促進身心健康！有一個資訊説，説養寵物的人，比一般人長壽！壓力大的時候，人會產生焦慮情緒，如果有小動物陪伴，能釋放壓力。」

菲菲笑起來點頭：「有道理，有趣！」

可樂説：「是真的，你跟小狗説話，牠聽得懂的！」

「小狗小貓是忠實的聽眾，」馬莉發揮想像力了：「牠們不會傳話，不會說三道四，你不用擔心走漏風聲……」

哈哈，滿屋子笑聲。

「動物會玩遊戲，知道嗎？」比利說：「有小狗，懂得猜硬幣在哪個杯子裏！」

小湄說：「我看過，是貓，貓很聰明！」

可樂糾正道說：「狗更聰明啊！」

菲菲說：「你們養過寵物，了解動物的特性——不過，現在，我們要尋找聚焦點！」

是啊，需要一個凝聚點，要有條理，如果一直爭論，反而沒有結果了！時間也不夠用呀，各位！大家冷靜下來。

「我來講狗的特性！比如，我家的黑虎，每次放學，牠都會門口等我，門還沒有開，就聽見牠在屋裏汪汪叫了。等門一開啊，牠就興奮地搖尾不停，好親熱。有一回，我去參加夏令營，多日未見，看到我回家，牠興奮得又是蹦又是跳的，差點昏過去！」

「這麼乖的小狗啊！」小湄羨慕道，但又有點擔

心。「不咬人吧？」

「見到陌生人，牠會有嗚嗚聲，甚至大聲吠，因為牠擔心有危險。」

「那要是不惹牠呢？」馬莉問。

「牠當然懂得分辨啦！狗是有感情的，牠也懂感情，牠會從我對你們的態度上，分辨得到你們是朋友，是可以親近的……」

「哪天我們去可樂家，看看他家的黑虎！」比利建議道。

「咳……」小湄和馬莉立即害怕得搖頭了。

看來，話題又要被岔開去了。

菲菲說：「可樂家的小狗黑虎的例子，可以引用，作為狗是人類的朋友的論據，也可以作為動物是有情感的例證。」

「是呀！」可樂傻傻地笑。

「講到動物是有情感的，我也有個例子！有一個真實事例，一位巴西老伯伯，在海灘救起一隻瀕死的小企鵝，之後小企鵝每年都游了數千里回到這裏，只為來探望一下自己的救命恩人……」菲菲說。

「對對對，我也看過！真令人驚訝！」可樂說。

「因為那位南非老伯伯從污濁的油泊中，將渾身油污的小企鵝解救出來，一點一點餵食，終於救活了牠。」菲菲說。

「人類對環境的污染，已相當嚴重了！」小湄說，「太可怕了，人類應該反省……」

「還有呢，動物與人類一樣，有母愛！」馬莉激動地說，「有一個視頻，拍到一隻母鹿為救小鹿，游到水中央，擋住了追逐小鹿的鱷魚的去路，把自己給鱷魚吃，望着小鹿能逃離……」

「真慘烈……」小湄的眼圈紅了，「應該給這個鹿媽媽，豎一塊紀念碑！」

比利一直盯着手機在看，手還不停地在上面劃着。

「你在看什麼好東西？」菲菲好奇地問。

「不好……」比利一拍腿，「根據探測到的軍情，菠蘿包他們組的論題是：動物是有情感的！」

啊？我們可不想與別的小組撞題呀！

「菠蘿包是哪個小組的？」菲菲問。

「與布思思一個小組。」

布思思是他們組的召集人。

「你確定他們是這個題目嗎？」可樂問。

「是的，菠蘿包剛才告訴我，還問我們是什麼題目，我說我們還在討論耶！」

「那麼，我們就 —— 狗是人類的朋友，怎麼樣？」菲菲說。

「好，我早就說這個題目好了！」可樂很得意。

哼，事後諸葛亮呢！大家只笑不說。

馬莉酸酸地挖苦：「總不能寫黑虎見到陌生人汪汪叫吧？」

人家長腿可樂卻並不介意：「當然，例證要典型一點才好！這點我還是知道的。但是，狗的優秀品質是人人都看得到的，牠們對人極度忠誠，還有牠們非常英勇，會救人！」

這真是有共識呢，沒有人反對的。比如，最典型的例子，就是有導盲犬啊！大家又口水多多地議論了一番。

很快，大家把資料匯攏了。

三個好例子。一個是電影《忠犬八公》，牠不知道主人已經辭世，每天都準時地在車站等候主人下班回來，風雨無阻，這一等就是十年。

另一個例子是菲菲提出的，她說有一本書叫《再見了，可魯》，講的是一隻導盲犬。無論偏狹的主人對待牠如何不信任，牠自始至終都保持着自己盡忠職守的品格，不離不棄，最終感動了主人。患病主人在臨終前，向導盲犬表達自己的懺悔和感恩。後來，拍成了一部叫《導盲犬小Q》的電影，創下票房紀錄，打動了無數人。

「這個例子很典型！」

「忠於職守，很有代表性！」

「電影看過的人多，有共鳴！」

最後一例，更感

人！那是發生在 2003 年的中國九江的一件事，那隻狗叫賽虎，為了阻止人們誤吃一鍋有毒的狗肉，牠再三阻撓，先是趕開自己的小狗，然後狂吠不讓人們吃肉，可人們怎麼能明白呢，幾十條性命！賽虎只好撲上前先吃下毒肉，當場氣絕身亡，人們這才如夢初醒！如今在九江市賀家山陵園的「義犬救主」的墓碑，正是人們為了感恩狗兒賽虎，而建立起來的。

「狗是人類最忠誠的朋友！」

「狗的犧牲精神，多麼感人！」

沒看過的，馬上搜到了，很是驚歎，很是讚揚。

那麼，用什麼方法來寫呢？也就是說，如何進行論證過程？

長腿可樂正在從手機上翻資料：「有了有了，論證方法有很多種！一是舉例論證，二，引用論證，三，比喻論證，四，對比論證，還有類比論證、演繹論證、歸納論證、因果論證……」

比利叫了起來，抱着腦袋：「這麼多種，頭大啦……」

菲菲捂嘴笑：「不用擔心啦，周老師上課時講過

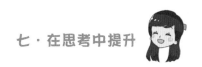

了，常用的就是前面的四種！」

好，那麼以「事實論證」的方法，是否最適用？

菲菲說：「老師說，議論文有兩種寫法，一種是立論，一種是駁論。用事實論證的方法來寫，『狗是人類的朋友』，是公認的道理，應該不會有人來反駁吧？」她一笑，「因而，我們以立論來論證，怎麼樣？」

當然，菲菲說得對極對！

起草吧，誰來執筆？

還用說，菲菲呀——她是當仁不讓的不二選手！

立論和駁論

一篇議論文，必須包含三個部分：提出問題、分析問題、解決問題。具體說就是，一，提出什麼觀點（論點）；二，為什麼這個觀點是正確的（論證）；三，最後解決問題（結論）。簡言之，就是引論、本論、結論。而議論文可分為立論和駁論兩大類。

1. 立論

作者在引論部分，表明自己的立場，確立自己的論點，然後從事實出發，提出充分的理由和確鑿可信的材料，來支持自己的立場或觀點。這種從正面進行論證的方式，叫立論。

文章標題

引論
（表明立場，確立論點）

本論
（提出各種理據，用不同的論證方法，
證明和支持論點）

結論
（重申論點，表達自己的見解、建議、展望等）

2. 駁論

　　駁論，就是將自己不同意或與自己意見相反的一方的論點擺出來，以鮮明而有力的語言，進行有理有據的針鋒相對的反駁，並在駁斥的過程中，明確地豎立自己的觀點，這種論證方式叫做駁論。

　　寫作時，駁論有「先立後破」和「先破後立」兩種方式。

1 先立後破

　　「先立後破」，首先確立自己的論點，並提出理據來支持（正面論證）；然後舉出反對或與自己不同的意見，並提出理據加以反駁（反面論證），以證明自己的論點較有說服力。

文章標題

引論
（表明立場，確立論點）

本論
1. 正面論證：提出各種理據，用不同的論證方法，證明和支持論點。
2. 反面論證：提出反對或與自己不同的意見，並加以反駁。

結論
（重申論點，表達自己的見解、建議、展望等）

---

2 先破後立

「先破後立」，首先舉出反對或與自己不同的意見，加以反駁（反面論證），然後表達自己的看法，確立論點，並提出理據支持（正面論證）。

文章標題

引論
（表明立場，確立論點）

本論
1. 反面論證：提出反對或與自己不同的意見，並加以反駁。
2. 正面論證：提出各種理據，用不同的論證方法，證明和支持論點。

結論
（重申論點，表達自己的見解、建議、展望等）

近年不時聽到城市發展和自然保育之間出現爭議的問題，例如木棉樹的果實成熟後會裂開，裏面的棉絮帶着種子隨風飄揚，這本是自然現象。可是，有些人認為木棉棉絮會引發人們的過敏反應，例如鼻敏感、氣管敏感等，也為日常生活帶來不便，因而要求砍伐木棉樹。

在這個議題上，論點可定為「人們不應為了自己的利益而犧牲自然」。正面論證的時候，可先說明木棉飄絮是自然現象，然後提出建議，例如可請有關方面在木棉飄絮的季節加強清潔、規劃城市發展時盡量減少在民居附近栽種木棉樹、人們外出時可佩戴口罩等，以減少棉絮帶來的負面影響。接着，在反面論證時，先舉出反對意見，例如有人認為「應砍伐木棉樹，以人為先」，然後加以反駁，譬如指出樹木有助美化環境、木棉樹的不同部分都有用處、人應與自然和諧共處等等，證明木棉樹有存在的價值，藉以支持自己的論點「人們不應為了自己的利益而犧牲自然」。

另一方面，論點也可定為「在平衡人與自然的問題上，應以人為先」。正面論證時可提出木棉飄絮對人們帶來的不便，例如引發過敏反應、沾在衣物上不易清除、人們為了避免棉絮吹入屋內而不敢打開窗戶等，所以支持砍伐木棉樹，減少對人們的影響。在反面論證時，舉出反對意見，例如有人認為栽種樹木有助美化環境。要反駁這一點的時候，可以建議改為栽種一些對人們影響較少的植物，同樣達到美化環境的效果，而木棉樹則考慮種在距離民居較遠的地方等等。在文章結尾時，重申自己的論點：「在平衡人與自然的問題上，應以人為先」。

佳作示例

狗是人類的朋友

　　在香港，狗是許多喜歡動物的家庭或個人的好伙伴。人們喜愛狗，不僅在於牠忠實地守在人類的身邊，成為我們的好幫手，而且在於牠能分辨人類情緒，擁有義氣相助的特性，這是其他動物所罕有的品質。因而「狗是人類的朋友」成為越來越多的人的共識。

引論：開門見山，提出論點。

　　狗最為人稱道的，是牠對人類忠誠不二的品性。電影《忠犬八公》中的小狗，不知道主人已經辭世，每天都準時地等在車站，風雨無阻，這一等就是十年，直至離世，此情此景感人至深。這是一則來自真實事件的故事，發生在 1924 年的日本。人們為了紀念牠而建立了雕像，並以其名命名了地鐵入口。也許，你的一生有許多親戚朋友，但狗狗的一生，卻只有你。

本論：運用舉例論證，提出各種理據，證明和支持論點。

　　狗是幫助人類的忠實助手。小說《再見了，可魯》是作者用了十五年時間完成的、有關一隻導盲犬的真實傳記。這隻小狗的一生都在為盲人工作，無論主人如何對待牠，牠都自始至終保持盡忠職守的品格，最終得到了患病主人臨終前的懺悔和感恩。小說被拍成電影《導盲犬小Q》後，感動了無數人，也令我們更深刻地認識到狗為人類付出的無私情感。

　　狗是人類最可信賴的好伙伴，危難時刻，狗兒會不惜以犧牲自己的代價，來救助人類。發生在 2003 年

的中國九江的一件事，人們至今仍記憶猶新。一隻叫賽虎的狗兒，為了阻止人們誤吃一鍋有毒狗肉，再三阻撓不果，雖然自己的小狗已被趕離，但蒙在鼓裏的人們卻依舊不知，牠只好以淚水告別孩子，自己撲前吃下毒肉，以當場氣絕的事實，阻止了一場可能導致三十多人中毒死亡的悲劇。如今在九江市賀家山陵園的「義犬救主」的墓碑，正是人們感恩狗兒賽虎的真實寫照。狗兒的犧牲精神，感動着我們每一個人。

所以，狗與人類的關係是親密無間的。狗雖然不會說話，沒有語言，但是，他們卻以自己的行為方式，在告訴每一個人，牠們是人類最值得信賴的忠實朋友。

結論：重申論點。

寫作小貼士

寫作議論文時，要留意文章的布局和鋪排，「本論」應該佔整體較多的比例。

上述文章，第一段運用「開門見山」的方法，提出論點「狗是人類的朋友」。

第二、三、四段，分別舉出不同的例子，支持論點。

最後一段重申論點「牠們是人類最值得信賴的忠實朋友」。

好詞佳句摘錄

 好詞

- **三三兩兩**：兩個、三個地聚在一起。形容零散結集的樣子。
- **羣策羣力**：集合眾人的智慧和能力。
- **節外生枝**：枝節上又生出分枝。比喻事外又生事端。
- **川流不息**：連綿不斷，往返不斷。
- **能說會道**：口齒伶俐，善於說話。

 佳句

- 忽地，一種莫名的感動，從她心底升起。像一張巨大的、漲滿大風的船帆，鼓動着她向前而去，去召喚那隻小野貓。

- 雖然只是短短一行，但誰都可以嗅出馬莉的火藥味。似乎那漲紅了臉的小模樣，已在小飛象羣裏晃來晃去了。

- 菲菲輕輕的話語，卻呼嘯而過，像一陣強風，掃過小湄的腦門兒。

寫作小練習

一、閱讀本書第 90 至 91 頁的文章《狗是人類的朋友》，然後回答以下問題，把答案填在橫線上。

1. 文章的論點是 _____

   _____

2. 文章第二段，提出了第一個論據：_____

   _____

3. 文章第三段，提出了第二個論據：_____

   _____

4. 文章第四段，提出了第三個論據：_____

   _____

5. 這篇文章開首提出論點，在論證過程裏，舉出了不同的例子來支持論點，最後重申論點。這種議論的方法叫做：

   _____ 。

   A. 立論　　　　B. 駁論

二、以下這段話的議論方法，屬於立論還是駁論呢？

　　　　有人以台北實施徵費，而令垃圾量大減六成為例子，認為本港可以通過立法徵費，令市民因避繳款項而減少製造垃圾，達到源頭減廢的目的。本人認為，這種做法在香港不可行。因本港人口稠密，按量收費使行政成本增高，而政府以屋苑或大廈為單位來徵收費用的做法，不僅可能加重基層民眾的經濟負擔，而且也無法有經濟誘因，而達成減少人們製造垃圾的機會。因此，不應該在本港立法推行家居廢物徵費。

三、閱讀以下的資料，然後自擬題目，並用立論或駁論的方式，寫
　　一篇議論文。

　　　　近日有居民投訴，大埔一處有鷺鳥聚居的樹林，時常有鳥糞掉到地上，影響衞生，而且樹枝過長和過密，加上颱風季節將至，恐危害路人及附近居民的安全。有關部門到場視察後，派人修剪樹枝。

　　　　可是在修樹之後，原本在樹上居住的鷺鳥少了樹木的遮掩而要日曬雨淋，棲息空間也變得狹窄和擁擠。再者，當時正值鷺鳥繁殖季節，有些鳥巢和鳥蛋掉落地面，並導致多隻幼鳥死亡。有人認為當局考慮不周，破壞生態。

8　小貓走進了家

　　果真，小野貓果然一而再地出現在俄小湄的視野裏了。

　　每天傍晚，俄小湄都出現在綠化斜坡旁的小道上。她緩步而行，來回踱步，似是漫不經心，實是有所期待。那小野貓呢，似乎也摸透了這位小姑娘的心思，也會在同一時間，悄悄地出現。

　　俄小湄心裏覺得好快樂，這小東西是與自己在周旋嗎？她才不着急呢，她有足夠的耐心，來引領這隻流浪小貓咪。

　　夕陽斜照，她的心撲撲地跳。涼絲絲的風，從她的這耳畔輕吹而過。

　　近兩天的氣溫又陡然滑落了，她披上了一件淡藍色冷衫，又在頸上繫一條湛藍格子長圍巾。那會兒就想，流浪的貓兒，牠不感到冷嗎？

自從她用了一條妙計，給流浪的麥可兒以貓糧安撫——那還是爸爸提出的好主意，於是，一切就發生了戲劇性的轉變。小貓兒果然上鈎了。

　　一想到那小貓兒拋棄不掉的戒心，以及那種受不住誘惑地接近貓糧，俄小湄就想笑出來。

　　其實，牠儼然有一種驕傲的小公主的氣質呢。你瞧牠有多漂亮，那有序的條狀斑紋，那深棕色帶着柔黃的絨毛，牠與橘子黃麥可兒，誰更漂亮呢？動物的

世界，是怎樣的一個世界呢？牠知道自己是誰嗎？牠知道自己被關注嗎？抑或牠在害怕人類的同時，也在試探人類的心靈？

現在牠開始吃她送來的食物。

「有沒有摸到牠呀？」爸爸總在問她。

「快了！」

她總是這麼回答。

小貓從見了她就像避瘟神似地逃開，到現在近距離的相視，怎不是一種成功呢？

牠的貓糧是她從超市精心挑來的，她甚至感覺到了小野貓的歡快。都說「民以食為天」嘛，小貓兒當然也不例外啊。

最重要的是，善心與誠意，這是人們相互交往的前提吧。一步步，一天天，她與小貓之間的距離在一點點縮小，而人類與動物的關係，何嘗不是需要時間，一步步地來改善的呢？

小湄又想，當她在觀察小野貓出沒行蹤的時候，

小野貓是不是也在同時反觀她呢？否則，牠何以會一而再、再而三地出現在她的周圍，讓這種約定成為一種相互間的共識？這是一種什麼樣的默契，是否只有人才有這種心理體驗，對於動物來説，不也是一種思維？

當她把這種想法，跟菲菲説時，立即引來菲菲的共鳴，她高興得拍了她一下，説：「對呀，這對我真是一個好啟發呀！」

為這個話題，小飛象羣又呱呱呱地議論開了。

這隻小貓兒真是幸運呀，從孤苦伶仃的可憐小貓，變成了小湄可愛的寶貝寵物，過上了幸福的生活。而許許多多的流浪在野的小貓小狗們呢，仍是無家可歸的呀，有的甚至有遇上歹人遭到虐待的風險。

「希望以後虐待動物的事情，越來越少……」

「希望能有更多的人明白這個道理，動物是有情感的……」

「希望人不要濫殺動物，不要吃動物……」

——啊？遇到難題了！

「不吃肉啊，這個我做不到了……」長腿可樂説。

「我不喜歡吃肉，但我愛吃海鮮……」馬莉說。

比利急了：「我什麼肉都吃，我媽說我太瘦了……」

「什麼肉都吃？」可樂懷疑道，「你媽都給你吃些什麼？吃猴腦嗎？」

馬莉尖叫起來。

比利臉一紅，口啞啞地說：

「那……當然不會啦！」

「聽說南方某些地方的人，什麼都敢吃！只要你能抓來殺了的，都會端到桌面上來，」可樂忿忿然。「連狗和貓都敢吃啊……」

大家無語了，好像都已經聽說過了。

「所以我們才要大聲呼籲，要善待動物啊！」

「其實，人類只要有基本的食物補給，就足夠了。人的壽命不是靠吃什麼山珍海味而延長的，皇帝沒見少吃山珍海味吧，長命嗎？」菲菲伏在桌上，輕敲着自己的腦袋。

「我也這麼想！小時候一邊唱着：小鴨子，小公雞，大家一起做遊戲⋯⋯結果呢，碗裏都是豬肉雞肉鴨肉的，還剁碎了吃呢！」馬莉說。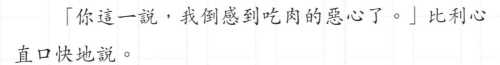

人是不是虛偽呢？究竟為什麼一定要殺動物來吃？菲菲陷入了思考。

「你這一說，我倒感到吃肉的惡心了。」比利心直口快地說。

「我沒叫你不吃肉啊，」馬莉格格地笑起來，「到時你媽媽可別怪罪我們了。」

俄小湄笑道：「不瞞你們說，我媽就只吃蔬菜，她是一個素食者。」她這麼說着，覺得自己挺酷的。

「真的呀？」果然，比利覺得十分驚訝，「我是聽說有些人只吃蔬菜——你媽媽身體怎樣，會不會……面黃肌瘦？」

「才不會呢！」俄小湄一呶嘴，作了一個頑皮的表情，「我媽媽的臉色，可能比我還好呢，她壯壯的。」她舉了舉手臂。

「你們家裏其他人也吃素嗎？」比利問。

「沒有，」俄小湄說，「應該這麼說，沒有禁肉，但大家習慣了，肉類自然也吃得少。媽媽吃素，家裏的餐桌上，以素食為主。」

比利說：「那我要跟我媽說，別整天逼我多吃飯，多吃肉……」

大家笑起來。

言談間，大家發現了一個好大的秘密：這次假期功課，每一個小同學都有不同程度的收穫！表面上

是寫一篇議論文而已，實際上，在過程中，有一種思考的力量，來到了小飛象羣，來到了我們中間，不是嗎？

難怪周老師常說，閱讀寫作是一種思維的訓練呀！果然是的！

「動物與我」，只是一個小小的議題，卻令我們尋到了一種方法。原來，「三人行，必有我師」，孔老夫子的話，真的有用！可別小看了我們的小同學，能力與智慧就在我們中間！

這話到了課堂上，產生了巨大的共鳴。

周老師好興奮，他沒有想到，這班同學仔這樣聽話，是在假期啊，如果拖延一下，他周老師也只能給個差評低分，就沒有什麼可跟進的了，但現在，他們都完成了，可以上台來演示了！

哎呀，真是大跌眼鏡啊！

深心處的感恩

　　當菲菲小組五人站在講台前，充分自信地演示完《狗是人類的朋友》時，引來課堂一陣喧嘩。最後，柳菲菲總結道：

　　「我們的小個子比利，他是我們的美工設計師，而俄小湄呢，是文稿語言的精雕細刻的專家……馬莉的善思善辯、可樂的實幹精神，每一個小組成員的『偉大的參與』，都在這份功課裏留下了痕跡。」

　　可樂連忙搶過話來說：「柳菲菲的理性思維，才是我們功課完成的重要關鍵。」

　　大家快樂地笑起來，掌聲劈裏啪啦地一陣響。

　　周老師更是拚命鼓掌，一不小心，激動得差點把眼鏡拍掉下來了。

　　一見對手這樣厲害，布思思小組的同學當然不敢大意了，雖然她們做足了功課，但是面對柳菲菲小組

的熱烈的反饋場面，令她們多少有點緊張。但是，別太擔心，凡是有準備的人，是不會因外來因素，而干擾了自己的方向的。布思思的小組同學，心理素質沒那麼差，不會方寸大亂的。

果然，只見幾個男孩女孩，嘻嘻地上來，然後站成一排，氣定神閒。布思思把小辮子一甩，智慧的眼

晴閃着光，她先是解釋自己組為什麼選擇《動物是有情感的》這個題目，然後將整個討論過程，一五一十地細細描述了一番。他們有過挫折：最初寫完卻推倒重來；最後成功找到準確的突破口，把每一段的主題句設定好，再將內容鋪墊。於是，一氣呵成。

然後，菠蘿包上前一步，說：「其實，一切違背動物自然天性的強制性訓練，動物是不會快樂的。」他以馬戲團大象受虐反抗，踩死訓獸師的真實個案，來說明這一點。大家聽了無不點頭稱是。

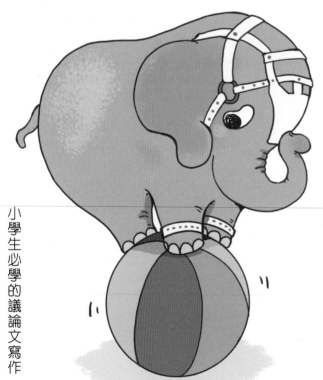

也許是因為激動，菠蘿包的臉兒紅紅的。有人忽然想起，是哦，在最初時，菠蘿包不是還自以為是地認為，海豚是快樂表演的嗎？現在他卻侃侃而談，有根有據地推理着，現實生活中動物們的不快樂。

站在菠蘿包右側

的，是一位短頭髮女生。她說：「菠蘿包找了很多資料作論據，其中這張小男孩與白公雞相擁的照片，還有燕子在馬路中央，為了死去的同伴而始終守在身邊，不肯飛離的視頻，他已將這兩個內容放上了PPT，現在我們來看一下。」

視頻上，一隻小燕子啾啾叫着，一時飛起，一時伏下，喚着那躺在地上的燕子，可是牠一動不動，沒有知覺，只有風不停地吹動牠的羽毛。悲戚之狀，令人無法不為之動容。

台下的同學聽得好認真。布思思小組的同學好厲害，聲情並茂的作品演示，說話有理有據，畫面真實感人，小聽眾們一個個眼睛骨碌碌的，全神貫注。

看來，布思思小組做得一點也不比柳菲菲小組遜色！大家這才發現，原來所有的人，都在暗中較量呢，像是在比賽誰做的功課更好啊！

沒有比賽，勝似比賽。其實，這樣的學業上的相互競爭，是多麼地充滿「正能量」！

在布思思作了一個漂亮的總結後，小組同學打算走下台去。忽然，菠蘿包叫了一聲：

「等等，我還想再作一個補充！」

好奇怪呀，菠蘿包臨時加插了節目？

菠蘿包朝組員同學點點頭，低語道：「我昨晚看了一點資料，剛剛想到的……」

然後，他站出來向大家說：「我想請大家做個小實驗。找一支尖銳的針，扎自己的手指。你會感到刺痛，是吧？」

大家不知道他要說什麼，安靜地望着他。

「人是有疼痛感的，對嗎？但是，電腦則沒有，無人駕駛機也沒有，若是兩架無人駕駛機相撞了，它們不會有『疼痛』的感受。若是它轉不動了，飛不起了，人們拿去維修敲敲打打，它不會說自己『很疼』或『肚子餓了』的，不像人類有這樣的感覺體驗——人是有『意識』的。」他作了一下手勢，「而動物呢，牠們不是機器，刀子割進皮下，是會痛的，牠們會淒慘哀嚎，這說明牠們不僅有知覺，而且是有意識的！我補充這些。」

說完，菠蘿包深深地向台下鞠了一躬。

菠蘿包的「意識說」很在理啊，這樣的推理，怎

會沒有說服力？

瞬時，掌聲四起，比剛才的更響亮，更熱烈！這是給菠蘿包的，也是給布思思小組的！

「加分，加分！」有人鼓勵着。

還沒有等布思思組走下台來，一個圓鼻頭男生站了起來，急切地自告奮勇：「到我們了，到我們了，我們組的題目是《反對虐待動物》！」

「張元滿，看你們組的！」有人在台下叫。

大家拍手歡迎，所有的眼睛都集中過來。

這位叫張元滿的同學，是學校裏的風紀組長，平時心直口快，有什麼說什麼，性格開朗而充滿自信，所以大家都十分喜愛他，雖然也有幾分畏懼他——因為如果你違反校規了，他可不會輕饒了你。當然，他自己是很守校規的，絕不會做惹是生非的事。記得在就職演說時，他有一句名言：「自己不守法，如何管理他人？」引來同學仔一片喝彩聲。

不知道今天，他又有怎樣的精彩言論？

「在我們日常生活中，經常會聽到平等二字。但是，大家有沒有想過，人有生命，動物也有生命？」

問得好，擲地有聲！

張元滿是這個小組的召集人，幾位組員都是小女生。不過，女孩子們一點也不比這個圓鼻頭組長缺乏氣勢，一個個腰板挺得直直的，精神飽滿。

只見一位圓眼睛女孩，站前來說：「有人說，動物是低等的生命，我們也不否認人類的高級，因為人有思想，有意識，可是，動物難道就沒有思想，沒有意識嗎，你如何證明得到牠們沒有？不要以為牠們不會說話，就去欺⋯⋯」

她身邊一個高個子女生捅了她一下。不知道是否因為過於激動，圓眼睛女生忽然來勁了，臨場發揮，鏗鏘有力地拋出一串話來，但這些話並沒有在準備好的文稿裏出現呀，怕若是一下子岔開去，旁邊同學接不上，就會弄混亂了，那怎麼行。難怪高個子女生用肘子頂她，提醒她別說遠了。

圓眼睛女生立即意識到了，吐了吐舌頭，看了一眼手上準備的稿頁。抬頭繼續說：「以往香港也發生許多宗虐待動物的事件，什麼掟狗落街，斬殘流浪貓，等等，這種種毫不顧及動物的痛苦，惡意折磨甚

至殺害牠們的行徑，令人髮指。是可忍，孰不可忍！」

台下有人點頭。

這時，坐在位子上的菲菲，悄悄地問小湄：「你的小貓兒，誰照顧？」

「我媽。」她悄悄回答。

菲菲朝她伸出一個大拇指。

台上，高個子女生發話了：「虐待動物是一種人類的自大狂行徑。這是我們第一條論據。」她指着投

影屏幕説。緊接着，她娓娓道來，闡釋具體的論據，來證明「地球並非人類獨有的地球」這樣一個道理。

「動物也像人一樣有自己的情感，也會感受痛苦和害怕死亡。剛才大家聽到布思思組的發言，證明動物不止與人類一樣有感情，有母愛，會報恩，甚至救助人類，我們虐待動物是不是太過分啦！」高個子女生情緒激動。

圓眼睛同學連忙挨過去，也捅了她一下——原來大家都會犯同樣的毛病，一激動起來就臨場發揮起來，滿嘴巴跑火車，把話向遠處拉去，離開了自己的原本準備的軌道，啊呀，這會跑題的呀！

不過，這種精神也很感人呀！同學吃吃地笑起來，有人下意識地朝站在教室邊側的周老師瞟了一眼。周老師微笑不語，只用非常欣賞的鼓勵的眼光，掃向台上站着的每一個人，示意他們繼續。

顯然，高個子女生領受到了力量，她使勁嚥了一下口水，清了清嗓子，繼續説：

「動物只是不會説人類的語言，我們不能欺負牠們，我們有沒有想過，造物主創造了不同的生命，也

同時賦予了每一生命以平等的權利？」

「對！」同組的所有人都應了一聲。

一位戴黑框眼鏡女生站出來說：「有些人，以殘酷的舉止虐待小動物，是將自己的負面情緒發洩在動物身上，他們是卑鄙的小人和懦夫！這是人類恃強凌弱的卑劣心態的表現。這就是我們的第二條論據。」

接著，屏幕上刷地一下，打出色彩鮮明的有力的文字。同時閃出幾張圖片。見到動物受到傷害的圖片，同學坐不住了。

「這些虐畜的人渣，太可惡了！」

「沒陰功！」

「他們會有報應的！」

黑框眼鏡女生點頭說：「是的是的，有一個虐打流浪貓的，證實有這樣做之後被判監……」

高個子女生捅了她一下，提示她要講 PPT 上的內容——沒想到，黑框眼鏡女生也臨場發揮，去接同學的話來了。原來，寫作時需要考慮最佳例子，所以許多內容準備了，並沒有寫進文稿中，所以都記在腦子裏了，一遇到機會，便猛地一下，跳出來了！

大家笑起來。黑框眼睛女生看了一下稿子，接著說道：「其實，在人類發展史上，動物作出了許多貢獻，牛和馬的勞動，還有科學實驗中牠們的犧牲……惡意地殘害動物的人，有沒有良心，有沒有良知？」

這振聾發聵的提問，是質詢，也是譴責。

台下有人呼應：「沒有良心！沒有良知！」

不知誰叫了一聲：「將他們繩之以法，不能姑息！」

整個課堂氣氛熱烈，台上台下，同學們的情緒，都十分高漲。

張元滿總結道：「我們要堅持反對一切虐待動物的行徑。我們不能剝奪他人的生命，我們也同樣不能摧殘動物的生命！」

小組同學一起說：「我們應該尊重動物的基本權利，給予動物自由平等的生存環境！」他們說完，齊齊地一起鞠躬，走下台來。

「歐——！」

掌聲四起。

下課鈴響了，但大家的情緒似乎還沒有完。雖然周老師已安排下周的時間，由其他組的同學繼續演

示，但他們似乎感到缺憾，因為他們不想等那麼久，才輪到他們，他們太想乘着今次的熱烈氣氛，來作自己論題的演示了。

周老師會挑選優秀作品貼在課室的壁報板上呀，還用挑選嗎？每一篇都這樣的有質素！能獲得周老師的讚賞，似乎成了同學們努力表現的追求，這種榮譽是不需要獎杯的，它根植於同學們的情感深處。

「謝謝大家！」周老師什麼也沒有說，他竟然給大家深深地鞠了一躬。

大家知道嗎，周老師內心充滿了感恩之情，對於同學們這樣的努力，他已別無所求了。學生們的刻意求學，就是老師的無上榮譽。

而同學們的心裏呢，也滿滿地盛着自己深愛的老師的寄託。他們多喜歡這樣的中文課呀，學習不是為了考試，周老師說啦，未來的路有多種可能性，好好地真實地裝備自己，為自己的成長而學習！

努力，你的每一種付出，都將留下印跡。

哦，未來！成長的路，充滿了未知，也充滿了希望。

議論文的論證方法

1. 舉例論證

簡單講，就是列出觀點，以典型實例來證明論點的方法。透過所舉例子的典型性，增強自己的說服力。

比如《狗是人類的朋友》一文（第 90-91 頁），從標題上已見到明確的論點。文章裏有幾個分論點，並舉出不同的論據來支持。例如第一個分論點「狗對人類忠誠不二」，舉出了電影《忠犬八公》裏小狗的故事為例子；第二個分論點「狗是人忠實的助手」，舉出了小說《再見了，可魯》裏的導盲犬故事為例子；第三個分論點「狗是人信賴的好伙伴」，舉出了中國九江「義犬救主」的故事為例；由此支持自己的論點——「狗是人類的朋友」。

2. 引用論證

引用論證，就是以引用名言或警句，來支持自己觀點，進行論證的方法，從而使自己的論證更具權威性和說服力。

簡單來說，「珍惜時間」這個論題，可以引用耳熟能詳的句子，就如「少壯不努力，老大徒傷悲」（出自漢樂府《長歌行》），從而支持自己認為要珍惜時間的論點。又如：

> 魯迅先生曾說：「時間就像海綿裏的水，只要你願意擠，總還是有的。」

引用名人名言來支持自己，比引用一般人的話更具說服力。

又好像在「虐待動物」的論題下，可以引用香港有關防止虐待動物的條文：

> 根據《防止殘酷對待動物條例》，任何人士如採取或不採取行動而導致動物遭受不必要的痛苦，即可界定為虐待動物的行為。

上述法例條文是大家都要遵守的行為守則，具有權威及法律效力，有助加強論點的說服力。

3. 比喻論證

比喻論證是指用打比方，來形象地對論點進行證明的一種論證方法，也就是用具體的形象作比喻，來論證抽象、深奧的道理。兩種事物之間存在類似之處，我們可以用一事物去比喻另一事物，使論點更清晰、讀者能更容易明白，從而加強說服力。例如：

> 家中的小狗視主人為世界上最重要的人，牠的世界只有主人，於是牠經常圍繞着主人轉，就像月球圍繞着地球轉動那樣。

上述例子，就以「月球圍繞着地球轉動」，比喻小狗圍繞着主人轉，以證明「小狗視主人為世界上最重要的人」的說法。

4. 對比論證

舉出兩種對立或相對的事物或道理，通過比較兩者，以證明和支持自己的論點。有時也會用同一事物的兩個方面做比較，突出其中一面，而這個較突出的方面，應有利於證明或支持自己的論點。例如：

有人認為家中飼養寵物，可能帶來病菌，增加患病、引起過敏反應的機會，但有研究指出，飼養寵物有助減少抑鬱症狀、舒緩壓力、提升小孩的免疫能力等。所以，我們不用因為憂慮健康問題而不養甚或棄養寵物。

「飼養寵物」這件事有好處也有壞處，將同一事物的兩個方面作對比，藉以支持論點「不用因為憂慮健康問題而不養甚或棄養寵物」。

5. 類比論證

抓住兩種性質相同或相似的事物的共通點，由一種眾所周知的事物的一般原理，來推論出另一種事物的道理。這種比較類推的論證方法，就叫類比論證。要留意的是，「類比」不是打比方，而是推論，有推理的成分。

就像故事裏的「菠蘿包」，用了類比的方法來論證「動物是有意識的」：

人是有疼痛感的，對嗎？但是，電腦則沒有，無人駕駛機也沒有，若是兩架無人駕駛機相撞了，它們不會有『疼痛』的感受。若是它轉不動了，飛不起了，人們拿去維修敲敲打打，它不會說自己『很疼』或『肚子餓了』的，不像人類有這樣的感覺體驗——人是有『意識』的。」他作了一下手勢，「而動物呢，牠們不是機器，刀子割進皮下，是會痛的，牠們會淒慘哀嚎，這說明牠們不僅有知覺，而且是有意識的！

電腦、無人駕駛機不會感到「疼痛」，但人和動物會感到「疼痛」。人是有意識的，從而推論出動物是有意識的。

動物是有情感的

　　有人說，人類是高級動物，因為人類是有感情的，而動物是沒有感情的。這是一種很多人都接受的說法。真的是這樣嗎？進入互聯網時代，我們可以從許許多多確實可信的鏡頭前，看到動物是與人有着相同的情感特徵。

中心論點：動物與人有相同的情感特徵。

　　動物具有表達高興和感恩的情感。大家都知道，狗在高興的時候，會朝人搖尾巴，尤其是當狗見到久未謀面的親人，會開心得前撲後擁，無法自已，甚至流下眼淚，哭泣不已。不止是精靈的狗類，就連雞、貓、鳥類等等，都有自己的情感表達。我們看到，小男孩與白公雞相擁、燕子在馬路中央不肯飛離死去的同伴、獅子與久別的女主人激動擁抱、小企鵝每年游水數千里，只為來巴西見一次自己的救命恩人……這些真實的場面，一一展現了動物與人類相處無間的感情，牠們表明，只要我們善待動物，動物與人類是可以建立情同手足的友誼的。

分論點一：動物具有表達高興與感恩的情感。

　　動物的情感中也有強烈的愛憎分明的選擇。比如，狗兒在遇見陌生人的時候，會流露出警惕的戒備之意，發出嗚嗚的叫聲，若發現對方抱有敵意，或有可能傷害牠的主人時，會與你作殊死搏鬥。動物也有母愛，他們熱愛自己的孩子，在弱肉強食的動物世界裏，當危難來臨時，他們也會以犧牲自己，來換取幼後代的生存。我們看到，一隻母鹿奮不顧身遊到河中央，只

分論點二：動物的情感中也有強烈的愛憎分明的選擇。

為擋住追捕小鹿的鱷魚的去路，犧牲自己餵鱷魚，讓小鹿遠逃而去，這樣的場面，怎不令人動容？母愛這種無我的奉獻精神，不僅存在於人類，也同樣發生在動物身上。

<u>動物有着與人一樣的情感和精神，只是他們沒有與人一樣的語言能力。因此，在這個動物與人共存的世界，我們應該保護動物，尊重動物的權利，與動物和諧相處。這樣，世界才會變得更美好。</u>

> 結論：動物跟人一樣是有情感的，我們要保護動物。

寫作小貼士

寫作議論文時，可以在第一段（引論）寫出中心論點，表達自己的立場，讓讀者對文章的重點或作者的立場有一個概括的了解。

中間的段落（本論），可以在每段第一句或最後一句寫出分論點，使文章更清晰、有條理。

在文章最後一段（結論），可以重申自己的論點，或總結前文，提出見解、展望等。

佳作示例 2

反對虐待動物

標題就是論點。

在我們日常生活中，經常會聽到「平等」二字。但是，大家有沒有想過，人有生命，動物也有生命，從「平等」角度出發，我們應該保護動物。有人說，動物是低等的生命，甚至有人不把動物看成生命，而可以任意宰殺，甚至不顧牠們的痛苦，惡意虐待甚至殺害流浪貓狗的行徑仍常有發生。是可忍，孰不可忍。

開端：從平等出發的動物觀。

虐待動物是一種人類的自大狂行徑。地球並非人類獨有的地球，地球上的所有生物是協同進化發展的。動物也像人一樣有自己的情感，也會感受痛苦和害怕死亡。牠們沒有人類的語言，不等於牠們遭受的不幸，我們可以視而不見。我們口口聲聲說平等，也只出於人自身個體的平等，是否想過，造物主創造了不同的生命，也同時賦予了每一生命的平等權利？

分論點一：虐待動物是一種人類的自大狂行徑。

虐待動物是人類恃強凌弱的陰暗心理體現。從許多虐待動物的案件中，我們看到，人為了滿足自己的慾望，而將人的負面情緒發洩在小動物身上，利用作為人的優於動物的特性來傷害弱小的動物。是否想過，在世界發展的歷史上，無論辛苦農業勞作還是發展科學的實驗，動物們所作的偉大貢獻？我們是否應該捫心自問，在生命的意義上，動物與人具有相同的權利，人類是否應該給牠們以基本的尊重？

分論點二：虐待動物是人類恃強凌弱的心理體現。

因此，我們要堅持反對一切虐待動物的行徑。就像我們不能剝奪他人的生命一樣，我們不能隨意摧殘動物的生命。既然人類是一種高級動物，那麼作為有理性和有思想的人類，就應該有基本的良知；既然追求平等是公民社會的基本常識，那麼，我們理所當然地應該尊重動物的基本權利，給予牠們自由平和的良好生存環境。

結論：呼應開端，反對虐待動物。

寫作小貼士

如能自擬題目，可善用標題來幫助表達立場，讓讀者先有一個概括的印象。

善用問句，也有助表達自己的論點，吸引讀者注意，引起反思或共鳴，增強說服力。

好詞佳句摘錄

好詞

- **孤苦伶仃**：孤單貧苦，無依無助。
- **面黃肌瘦**：形容人清瘦，營養不良的樣子。
- **一氣呵成**：一口氣完成。比喻文章或繪畫的氣勢流暢，或工作安排得很緊湊，沒有中斷。
- **恃強凌弱**：倚仗強權，欺凌弱小。
- **繩之以法**：以法律作為約束的力量，去治裁罪犯。

佳句

- 小湄又想，當她在觀察小野貓出沒行蹤的時候，小野貓是不是也在同時反觀她呢？否則，牠何以會一而再、再而三地出現在她的周圍，讓這種約定成為一種相互間的共識？這是一種什麼樣的默契，是否只有人才有這種心理體驗，對於動物來說，不也是一種思維？

- 視頻上，一隻小燕子啾啾叫着，一時飛起，一時伏下，喚着那躺在地上的燕子，可是牠一動不動，沒有知覺，只有風不停地吹動牠的羽毛。悲戚之狀，令人無法不為之動容。

- 圓眼睛同學連忙挨過去，也捅了她一下——原來大家都會犯同樣的毛病，一激動起來就臨場發揮起來，滿嘴巴跑火車，把話向遠處拉去，離開了自己的原本準備的軌道，啊呀，這會跑題的呀！

寫作小練習

一、判斷以下內容用了什麼論證方法，圈出代表答案的英文字母。

1. 地球上有空氣和水，人類可以生存，現在科學家發現了火星上也有空氣和水，那麼，人類移民火星就不會是夢想。

    A. 引用論證　　　　　B. 類比論證　　　　　C. 舉例論證

2. 母親含辛茹苦把我帶大，對子女的照顧無微不至。我走到哪裏，都會記着母親的囑咐。無論何時何地，母親就像一盞溫暖的燈，照耀着我的每一天。

    A. 類比論證　　　　　B. 舉例論證　　　　　C. 比喻論證

3. 走出校園，搬過好多次家，扔掉了許多東西，但是，幾大箱書，卻始終沒有離開過我。歌德說：「閱讀一本好書，就像與一位高尚的友人談話。」書像一位最忠實的朋友，陪伴著我走過一次又一次的低谷。

    A. 引用論證　　　　　B. 類比論證　　　　　C. 舉例論證

4. 小湄打算寫一篇議論文，看看以下的筆記，猜猜她會用什麼論證方法？

    例子1：菲菲在中文課上的問答表現，非常出色。

    例子2：菲菲很善於引導小飛象羣的同學，一起討論寫作。

    例子3：菲菲能合理地使用電腦，幫助自己完成功課。

    結論：菲菲是一個中文學習能力很強的同學。

    A. 舉例論證　　　　　B. 引用論證　　　　　C. 類比論證

二、試以《保護動物》為題，運用兩個不同的論證方法，寫一篇議
　　論文。

_____

_____

_____

_____

_____

_____

_____

_____

_____

_____

_____

_____

參考答案

寫作小練習（P.26）

1. B
2. B
3. A

寫作小練習（P.44-45）

一、1. 人生最苦的事，莫苦於身上背
　　　着一種末了的責任。

　　2. 生命的意義在於付出，在於給
　　　予。

　　3. 相信自己會是一個什麼樣的
　　　人，日後就可能達成。

二、自由作答。

寫作小練習（P.93-95）

一、1. 狗是人類的朋友。

　　2. 電影《忠犬八公》中的小狗，
　　　不知道主人已經辭世，每天都
　　　準時地等在車站，風雨無阻，
　　　這一等就是十年，直至離世。

　　3. 小說《再見了，可魯》是作者
　　　用了十五年時間完成的、有關
　　　一隻導盲犬的真實傳記。這隻
　　　小狗的一生都在為盲人工作，
　　　無論主人如何對待牠，牠都自
　　　始至終保持盡忠職守的品格，
　　　最終得到了患病主人臨終前的
　　　懺悔和感恩。

　　4. 2003 年在中國九江，一隻叫
　　　賽虎的狗兒，為了阻止人們
　　　誤吃一鍋有毒狗肉，再三阻撓
　　　不果，雖然自己的小狗已被趕
　　　離，但蒙在鼓裏的人們卻依舊
　　　不知，牠只好以淚水告別孩
　　　子，自己撲前吃下毒肉，以當
　　　場氣絕的事實，阻止了一場可
　　　能導致多人中毒死亡的悲劇。

　　5. A

二、駁論

三、自由作答。

寫作小練習（P.124-125）

一、1. B

　　2. C

　　3. A

　　4. A

二、自由作答。